LA MAIN

Georges Simenon, écrivain belge de langue française, est né à Liège en 1903. Il est l'un des auteurs les plus traduits au monde. À seize ans, il devient journaliste à *La Gazette de Liège*. Son premier roman, publié sous le pseudonyme de Georges Sim, paraît en 1921 : *Au pont des Arches, petite histoire liégeoise*. En 1922, il s'installe à Paris et écrit des contes et des romans populaires. Près de deux cents romans, un bon millier de contes écrits sous pseudonymes et de très nombreux articles, souvent illustrés de ses propres photos, sont parus entre 1923 et 1933... En 1929, Simenon rédige son premier Maigret : *Pietr le Letton*. Lancé par les éditions Fayard en 1931, le personnage du commissaire Maigret rencontre un immense succès. Simenon écrira en tout soixante-quinze romans mettant en scène les aventures de Maigret (ainsi que vingt-huit nouvelles). Dès 1931, Simenon commence à écrire ce qu'il appellera ses « romans durs » : plus de cent dix titres, du *Relais d'Alsace* (1931) aux *Innocents* (1972). Parallèlement à cette activité littéraire foisonnante, il voyage beaucoup. À partir de 1972, il cesse d'écrire des romans. Il se consacre alors à ses vingt-deux *Dictées*, puis rédige ses *Mémoires intimes* (1981). Simenon s'est éteint à Lausanne en 1989. Il fut le premier romancier contemporain dont l'œuvre fut portée au cinéma dès le début du parlant avec *La Nuit du carrefour* et *Le Chien jaune*, parus en 1931 et adaptés l'année suivante. Plus de quatre-vingts de ses romans ont été portés au grand écran (récemment *Monsieur Hire* avec Michel Blanc, *Feux rouges* de Cédric Kahn, ou encore *L'Homme de Londres* de Béla Tarr), et, à la télévision, les différentes adaptations de Maigret ou, plus récemment, celles de romans durs (*Le Petit Homme d'Arkhangelsk*, devenu *Monsieur Joseph*, avec Daniel Prévost, *La Mort de Belle* avec Bruno Solo) ont conquis des millions de téléspectateurs.

Paru dans Le Livre de Poche :

LES 13 COUPABLES
LES 13 ÉNIGMES
LES 13 MYSTÈRES
L'ÂNE ROUGE
LES ANNEAUX DE BICÊTRE
ANTOINE ET JULIE
AU BOUT DU ROULEAU
LES AUTRES
BETTY
LA BOULE NOIRE
LA CHAMBRE BLEUE
LE CHAT
LES COMPLICES
LE COUP DE LUNE
CRIME IMPUNI
LE DESTIN DES MALOU
DIMANCHE
LA DISPARITION D'ODILE
EN CAS DE MALHEUR
L'ENTERREMENT DE MONSIEUR BOUVET
LES FANTÔMES DU CHAPELIER
FEUX ROUGES
LES FIANÇAILLES DE M. HIRE
LE FOND DE LA BOUTEILLE
LES FRÈRES RICO
LA FUITE DE MONSIEUR MONDE
LES GENS D'EN FACE
LE GRAND BOB
LE HAUT MAL
L'HOMME AU PETIT CHIEN
L'HOMME DE LONDRES
L'HORLOGER D'EVERTON

LES INNOCENTS
JE ME SOUVIENS
LA JUMENT PERDUE
LETTRE À MA MÈRE
LETTRE À MON JUGE
LA MAISON DU CANAL
MARIE QUI LOUCHE
MONSIEUR GALLET, DÉCÉDÉ
LA MORT DE BELLE
LA NEIGE ÉTAIT SALE
NOVEMBRE
L'OURS EN PELUCHE
LE PASSAGE DE LA LIGNE
LE PASSAGER CLANDESTIN
LE PASSAGER DU POLARLYS
PEDIGREE
LE PETIT HOMME D'ARKHANGELSK
LE PETIT SAINT
LE PRÉSIDENT
LES QUATRE JOURS DU PAUVRE HOMME
LE RELAIS D'ALSACE
STRIP-TEASE
TANTE JEANNE
LES TÉMOINS
LE TEMPS D'ANAÏS
LE TRAIN
LE TRAIN DE VENISE
TROIS CHAMBRES À MANHATTAN
UN NOUVEAU DANS LA VILLE
UNE VIE COMME NEUVE
LA VIEILLE
LES VOLETS VERTS

GEORGES SIMENON

La Main

PRESSES DE LA CITÉ

La Main © 1968 Georges Simenon Ltd.
All rights reserved.
Georges Simenon ® ⌐Simenon.tm.
All rights reserved.
ISBN : 978-2-253-16710-5 – 1re publication LGF.

PREMIÈRE PARTIE

1

J'étais assis sur le banc, dans la grange. Non seulement j'avais conscience d'être là, devant la porte déglinguée qui, à chaque battement, laissait s'engouffrer une rafale de vent et de neige, mais je me voyais aussi nettement que dans un miroir, me rendant compte de l'incongruité de ma position.

Le banc était un banc de jardin peint en rouge. Nous en avions trois, que nous rentrions pour l'hiver, avec la tondeuse à gazon, les instruments de jardinage et les moustiquaires des fenêtres.

La grange, en bois peint en rouge aussi, avait été une vraie grange, une centaine d'années plus tôt, mais n'était plus qu'une vaste remise.

Si je commence par cette minute-là, c'est parce que ce fut une sorte de réveil. Je n'avais pas dormi. Je n'en émergeais pas moins, tout à coup, dans la réalité. Ou bien était-ce une nouvelle réalité qui commençait ?

Mais alors, quand un homme commence-t-il à… Non ! Je refuse de me laisser glisser sur cette pente-là. Je suis juriste de profession et j'ai l'habitude, voire, prétend-on autour de moi, la manie de la précision.

Or, j'ignore même l'heure qu'il pouvait être. Deux heures ? Trois heures du matin ?

À mes pieds, sur le sol de terre battue, on voyait encore les filaments roses de la petite torche électrique qui jetait sa dernière lueur sans plus rien éclairer. Les doigts engourdis par le froid, je m'efforçais de frotter une allumette pour allumer ma cigarette. J'avais besoin de fumer. C'était comme un signe de la réalité retrouvée.

L'odeur du tabac me parut rassurante et je restai là, penché en avant, les coudes sur les genoux, à fixer l'immense porte qui battait et qui, peut-être, d'un moment à l'autre, allait s'abattre sous la poussée du blizzard.

J'avais été ivre. Je l'étais probablement encore, ce qui ne m'est arrivé que deux fois dans ma vie. Pourtant, je me souvenais de tout, comme on se souvient d'un rêve dont on met les lambeaux bout à bout.

Les Sanders étaient venus passer le week-end chez nous au retour d'un voyage au Canada. Ray est un de mes plus vieux amis. Nous avons fait ensemble notre droit à Yale et, plus tard, mariés tous les deux, nous avons continué à nous voir.

Bon. Ce soir-là, le samedi 15 janvier, alors que la neige tombait déjà, j'ai demandé à Ray :

— Cela ne t'ennuie pas de venir prendre un verre avec nous chez le vieil Ashbridge ?

— Harold Ashbridge, de Boston ?

— Oui.

— Je croyais qu'il passait l'hiver dans sa propriété de Floride...

— Il y a une dizaine d'années, il a acheté un domaine à une vingtaine de miles d'ici pour jouer les gentlemen farmers... Il y est toujours pour Noël et le

Nouvel An et ne se rend en Floride que vers la mi-janvier, après une grande réception...

Ashbridge est un des rares hommes qui m'impressionnent. Ray aussi. Il en existe d'autres. Au fond, ils ne sont pas si rares que ça. Sans compter les femmes. Mona, par exemple, la femme de Ray, que je regarde toujours comme un petit animal exotique, bien qu'en fait d'exotisme elle ait tout juste un quart de sang italien dans les veines.

— Il ne me connaît pas...

— Chez Ashbridge, on n'a pas besoin de se connaître...

Isabel écoutait sans rien dire. Isabel n'intervient jamais dans ces cas-là. C'est la femme docile par excellence. Elle ne proteste pas. Elle se contente de vous regarder et elle juge.

À ce moment-là, il n'y avait rien à critiquer dans ma conduite. Chaque année, nous nous rendons à cette réception des Ashbridge qui est comme une obligation professionnelle. Elle n'a pas fait remarquer que la neige tombait dru et que la route pour North Hilsdale est difficile. De toute façon, le chasse-neige était certainement passé.

— Quelle voiture prend-on ?

J'ai dit :

— La mienne...

Et j'avais, ce n'est que maintenant que je le découvre, une petite arrière-pensée. Ray travaille dans Madison Avenue. Il y est un des partenaires d'une des plus grosses affaires de publicité. Je le rencontre à peu près chaque fois que je me rends à New York et je connais ses habitudes.

Sans être un buveur, il a besoin de deux ou trois doubles martinis avant chaque repas, comme presque tous ceux qui font son métier et qui vivent sur leurs nerfs.

— Si, chez Ashbridge, il boit un peu trop...

C'est comique – ou tragique – de se rappeler ces petits détails-là après quelques heures. Par crainte que Ray ne boive trop, je prenais mes précautions pour conduire au retour. Or, c'est moi qui ai été ivre !

Au début, il y avait au moins cinquante personnes, sinon davantage. Un immense buffet était dressé dans le hall du rez-de-chaussée mais toutes les portes étaient ouvertes, on allait et venait, même dans les chambres du premier, et on trouvait partout des bouteilles et des verres.

— Je te présente Mme Ashbridge... Patricia... Mon ami Ray...

Patricia n'a que trente ans. C'est la troisième femme d'Ashbridge. Elle est très belle. Pas belle comme... Je ne dirai pas comme Isabel... Ma femme n'a jamais été vraiment belle... D'ailleurs, il m'est toujours difficile de décrire une femme et, machinalement, je le fais en fonction de la mienne...

Isabel est grande, avec un corps harmonieux, des traits réguliers, un sourire un peu condescendant, comme si ses interlocuteurs avaient quelque chose à se faire pardonner.

Eh bien, Patricia est le contraire. Plutôt petite, comme Mona. Plus brune encore que celle-ci, mais avec des yeux verts. Elle vous regarde, elle, fascinée, comme si elle ne désirait rien de plus que d'entrer dans votre intimité ou de vous ouvrir la sienne.

Isabel ne fait jamais songer à une chambre à coucher. Patricia, elle, évoque toujours en moi l'image d'un lit.

On raconte... Mais je ne m'occupe pas de ce que les gens racontent. D'abord, je me méfie. Ensuite, j'ai une horreur instinctive de l'indiscrétion, à plus forte raison de la calomnie.

Il y avait là les Russel, les Dyer, les Collins, les Greene, les Hassberger, les...

— Hello ! Ted...

— Hello ! Dan...

On parle, on boit, on va, on vient, on grignote des choses qui ont le goût de poisson, de dinde ou de viande... J'ai eu, je m'en souviens, une conversation sérieuse, dans un coin du petit salon, avec Bill Hassberger qui envisage de m'envoyer à Chicago pour régler une affaire litigieuse...

Ces gens-là sont riches. Ils vivent la plus grande partie de l'année, on se demande pourquoi, dans notre petit coin du Connecticut, mais ils possèdent des intérêts un peu partout dans le pays.

À coté d'eux, je suis un pauvre. Le docteur Warren aussi, avec qui j'ai échangé quelques mots. Je n'étais pas ivre, loin de là. J'ignore à quel moment cela a commencé.

Ou plutôt, depuis quelques secondes, je le sais, car je me découvre tout à coup, sur mon banc où j'en suis au moins à ma cinquième cigarette, une curieuse lucidité.

Je suis monté, sans raison, comme d'autres avant et après moi. J'ai poussé une porte et je l'ai vivement refermée, non sans avoir eu le temps de voir Ray et Patricia. La pièce n'était même pas une chambre, mais une salle de bains, et ils y faisaient l'amour, tout habillés.

J'ai beau avoir quarante-cinq ans, cette image m'a tellement frappé que je la revois dans ses moindres détails. Patricia m'a vu, j'en suis sûr. Je jurerais même que ce n'est pas de la gêne qu'il y a eu dans ses yeux, mais une sorte de défi amusé.

C'est très important. Cette image est pour moi d'une importance considérable. Assis sur mon banc, dans la grange, je ne faisais que le pressentir mais, par la suite, j'ai eu tout le temps d'y réfléchir.

Je ne prétends pas que c'est ce qui m'a poussé à boire, et pourtant c'est à peu près vers ce moment-là que je me suis mis à vider tous les verres que je trouvais à portée de la main. Isabel m'a surpris et j'ai rougi, bien entendu.

— Il fait chaud... ai-je murmuré.

Elle ne m'a pas conseillé la prudence. Elle n'a rien dit. Elle a souri, de ce terrible sourire qui pardonne ou qui...

Qui quoi ? C'est pour plus tard. Je n'en suis pas là. Il y a tant d'autres choses à mettre au point !

Un été, j'ai entrepris le nettoyage de la grange, avec l'idée de tout vider, de trier, de jeter, de mettre en place ce qui était à garder. Après quelques heures, submergé, j'ai lâchement abandonné.

C'est un peu ce qui se passe avec un autre inventaire, celui que j'ai entrepris, dans la même grange justement, cette nuit-là. Seulement, cette fois, j'irai jusqu'au bout, coûte que coûte et quoi que je découvre.

Il y a déjà l'image, Ray et Patricia, à caser en bonne place. Puis, à un moment donné, le regard du vieil

Ashbridge. Ce n'est pas un ivrogne, lui non plus, mais un homme qui boit à petits coups, surtout après cinq heures de l'après-midi. Il est gras, pas trop, et ses gros yeux clairs sont toujours humides.

— Alors, Donald ?

Nous étions tous les deux non loin du buffet, avec plusieurs groupes bruyants autour de nous. On entendait en même temps plusieurs conversations qui s'enchevêtraient.

Pourquoi avais-je l'impression que nous nous trouvions soudain isolés, lui et moi ? Confrontés, le mot est plus juste. Car c'était cinq minutes à peine après la scène de la salle de bains.

Il me regardait calmement, mais il me regardait. Je sais fort bien ce que je veux dire. La plupart du temps, surtout dans les réunions de ce genre, on ne regarde pas vraiment son interlocuteur. On sait qu'il est là. On parle. On écoute. On répond. On laisse glisser le regard sur un visage, une épaule...

Lui me regardait et les deux mots qu'il venait de prononcer prenaient la valeur d'une question :

— Alors, Donald ?

Alors quoi ? Avait-il vu, lui aussi ? Savait-il que j'avais vu ?

Il n'était pas sombre, ni menaçant. Il ne souriait pas non plus. Était-il jaloux ? Savait-il que Patricia avait l'habitude... C'était moi qui me sentais coupable tandis qu'il continuait :

— Votre ami Sanders est un garçon remarquable...

Des gens sont partis. On les voyait, dans l'entrée, enfiler leur manteau, leurs bottes de caoutchouc dont il y avait toute une rangée sur un rayonnage. Chaque fois la porte, en s'ouvrant et en se refermant, laissait pénétrer une bouffée d'air glacé.

Puis il y a eu le bruit du vent, monotone d'abord, ensuite par à-coups puissants, et les invités ont commencé à s'interroger des yeux.

— Il neige toujours ?
— Oui.
— Dans ce cas, nous allons avoir le blizzard.

Pourquoi je continuais à boire, contre mon habitude, je ne le comprends pas encore. Je passais d'un groupe à l'autre et des visages familiers prenaient à mes yeux un aspect nouveau. Je crois qu'il m'est arrivé de ricaner et qu'Isabel m'a surpris.

Une certaine inquiétude a commencé à se faire sentir. Certains habitaient assez loin, les uns dans l'État de New York, les autres dans le Massachusetts, et avaient jusqu'à quarante miles à parcourir pour rentrer chez eux.

Je suis resté un des derniers. J'entendais des éclats de voix, des exclamations chaque fois qu'un groupe s'en allait et qu'un vent plus violent pénétrait dans la maison.

— Dans une heure, il y aura un mètre de neige.

J'ignore qui a dit ça. Puis Isabel m'a pris le bras, d'un geste naturel, à la façon d'une bonne épouse, sans affectation. Je n'en comprenais pas moins qu'il était temps de partir, nous aussi.

— Où est Mona ?
— Elle est allée chercher son vison dans la chambre de Pat...
— Et Ray ?

Ray était devant moi, le Ray de tous les jours, le Ray auquel j'étais habitué depuis vingt-cinq ans.

— On s'en va ? demanda-t-il.
— Je crois, oui...
— Il paraît qu'on ne voit pas devant soi...

Je n'ai pas serré la main de Patricia comme les autres fois. J'avoue que j'y ai mis une certaine insistance, que j'y ai pris un plaisir trouble. Est-ce que le vieil Ashbridge l'a remarqué ?

— En voiture, les enfants...

Il n'y avait plus que trois ou quatre autos devant le perron. Il fallait marcher courbé tant un vent puissant, déjà rageur, vous jetait de neige dure au visage.

Les deux femmes s'installèrent derrière. Je pris le volant, sans qu'Isabel me demande si j'étais en état de conduire. Je n'étais pas déprimé, ni abattu, ni fatigué. Je ressentais au contraire une agréable exaltation et le vacarme de la tempête me donnait envie de chanter.

— Et en voilà une de tirée !...
— Une quoi ?
— Une réception... Il en reste une la semaine prochaine, chez les Russel, après quoi on sera tranquille jusqu'au printemps...

Par moments, les essuie-glaces se bloquaient, hésitaient avant de repartir. La neige traçait des raies blanches, presque horizontales, devant les phares, et je me guidais sur la ligne noire des arbres car on ne voyait plus les limites de la route.

J'entendais, derrière, dans la chaleur de l'auto et des fourrures, les deux femmes échanger des phrases banales.

— Tu ne t'es pas trop ennuyée, Mona ?
— Pas du tout... Patricia est charmante... Tout le monde, d'ailleurs, était sympathique...
— Dans trois jours, ils se baigneront en Floride...

— Ray et moi pensons passer quelques jours à Miami le mois prochain…

Je devais me pencher pour voir devant moi et plusieurs fois je suis sorti de la voiture pour gratter la glace formée sur le pare-brise. La troisième fois, il m'a semblé que j'allais être emporté par la bourrasque.

Nous en avons chaque hiver, plus ou moins fortes. Nous connaissons les endroits difficiles, les congères, les routes à éviter.

Par où sommes-nous revenus à Brentwood ? Par Copake ou par Great Barrington ? Je serais incapable de le dire.

— Celle-ci est la plus belle, mon vieux Ray…

La plus belle tempête de neige. Un vrai blizzard. Lorsque j'ai mis la radio en marche, c'est d'ailleurs le mot qu'on employait. On parlait déjà, vers Albany, d'un vent de plus de soixante miles à l'heure et des centaines de voitures étaient bloquées sur les routes du Nord.

Au lieu de m'inquiéter, cela me fouettait, comme si j'accueillais avec soulagement un peu d'exceptionnel qui entrait dans ma vie.

Nous parlions peu, Ray et moi. Il regardait devant lui, fronçant les sourcils chaque fois que la visibilité devenait à peu près nulle. Alors, exprès, je roulais plus vite.

Je n'avais pas de compte à régler avec lui. Il était mon ami. Il ne m'avait causé aucun tort en faisant l'amour avec Patricia Ashbridge. Je n'étais pas amoureux d'elle. Je n'étais amoureux d'aucune femme. Je me contentais d'Isabel. Quel compte aurais-je eu à régler ?

J'ai dû manœuvrer pendant plusieurs minutes à cause d'une congère et je me suis servi d'un des sacs de sable que nous avons toujours, l'hiver, dans le coffre. J'avais de la neige dans les yeux, dans le nez, dans les oreilles et il en pénétrait par les coutures de mes vêtements.

— Où sommes-nous ?
— Encore trois miles…

Il était de plus en plus difficile d'avancer. Nous avions eu beau rencontrer trois chasse-neige, la couche se reformait dès qu'ils étaient passés, et il n'était plus question d'utiliser les essuie-glaces. Il me fallait, à chaque instant, sortir de l'auto pour gratter le pare-brise.

— Nous sommes toujours sur la route ?

La voix d'Isabel était paisible. Elle posait la question, sans plus.

— Je suppose ! ripostai-je gaiement.

La vérité, c'est que je ne savais plus. Ce ne fut qu'en franchissant le petit pont de pierre, à un mile de chez nous, que je me repérai. Seulement, après le pont, la neige avait formé un vrai mur dans lequel l'avant de l'auto s'encastra.

— Et voilà, mes enfants… Tout le monde descend…
— Que dis-tu ?
— Tout le monde descend… La Chrysler n'est pas un bulldozer et il faudra continuer à pied…

Ray me regarda en se demandant si je parlais sérieusement. Isabel avait compris, car cela nous était arrivé deux fois.

— Tu prends la torche ?

Je la sortis du coffre à gants et en poussai le bouton. Il y avait des mois, peut-être deux ans, que nous ne nous en étions pas servis et, comme il fallait s'y attendre, elle ne jeta qu'une lueur jaunâtre.

— En route...

C'était encore gai, à ce moment-là. Je revois les femmes se tenant par le bras et, pliées en deux, fonçant dans la neige devant nous. Je suivais avec la torche et Ray marchait à mon côté sans rien dire. D'ailleurs, personne ne parlait. Il était déjà assez difficile de respirer dans le blizzard sans encore gaspiller son souffle.

Isabel tomba, se releva bravement. Parfois, les deux femmes disparaissaient dans l'obscurité. Je lançais, la main devant la bouche pour éviter l'air glacé :

— Oho !... Oho !...

Et un vague « Oho !... » répondait en écho.

La lumière de la torche faiblissait. Tout à coup, alors que nous ne devions être qu'à trois ou quatre mètres de chez nous, elle s'éteignit tout à fait.

— Oho !...
— Oho !...

Je devais être très près des femmes, car j'entendais le crissement de la neige. J'entendais aussi, à ma droite, le pas de Ray.

La tête commençait à me tourner. L'énergie que m'avait donnée l'alcool m'abandonnait et j'avançais avec de plus en plus de peine. Je ressentais dans la poitrine, à la place du cœur, me semblait-il, une douleur qui m'inquiétait.

Est-ce que des hommes de mon âge, même vigoureux, n'étaient pas morts ainsi d'un arrêt du cœur dans le froid et la neige ?

— Oho !...

J'étais pris de vertige. Mes pieds se soulevaient avec peine. Je ne voyais plus rien. Je n'entendais plus que ce vacarme agressif du blizzard et j'avais de la neige partout.

J'ignore combien de temps cela a duré. Je ne m'occupais plus des autres. Je tenais toujours, stupidement, la torche éteinte, et je m'arrêtais tous les deux ou trois pas pour reprendre haleine.

Enfin, il y eut un mur, une porte qui s'entrouvrait.

— Entrez...

Une bouffée de chaleur, dans l'obscurité de la maison.

— Et Ray ?

Je ne comprenais pas. Je me demandais pourquoi les femmes n'avaient pas allumé les lampes. Je tendis la main vers le commutateur.

— Il n'y a pas de courant... Où est Ray ?...

— Il est près de moi...

Je criai, du seuil :

— Ray !... Hé ! Ray...

Il me sembla entendre une voix, mais on entend facilement des voix dans le blizzard.

— Ray...

— Prends la torche dans la table de nuit...

Nous avons, dans la table de nuit, une torche électrique plus petite, car il y a parfois des pannes de courant. Je me dirigeai à tâtons à travers les pièces, me heurtai à des meubles que je ne reconnaissais pas. Puis il y eut une lueur derrière moi, celle d'une des bougies rouges de la salle à manger.

C'était curieux de voir Isabel se détacher vaguement de l'obscurité en brandissant un des candélabres d'argent.

— Tu la trouves ?

— Oui...

J'avais la torche électrique à la main, mais elle éclairait à peine plus que celle de la voiture.

— Nous n'avons pas de piles de rechange ?
— Tu n'en vois pas dans le tiroir ?
— Non...

J'avais envie d'un verre pour me remonter, mais je n'osai pas. Elles ne me dirent rien. Elles ne me poussèrent pas. Je n'en eus pas moins l'impression qu'elles m'envoyaient, armé d'une lampe à moitié morte, à la recherche de Ray dans le blizzard.

Je dirai tout, évidemment, sinon cela n'aurait pas valu la peine de commencer. Et, d'abord, qu'à aucun moment de la soirée je n'ai été complètement ivre.

Si je cherche à définir mon état avec autant d'exactitude que possible, je dirais que j'avais une lucidité déformée. La réalité existait autour de moi et j'étais en contact avec elle. Je me rendais compte de mes faits et gestes. Je pourrais, en prenant un papier et un crayon, dresser la liste à peu près exacte des mots que j'ai prononcés chez les Ashbridge d'abord, dans l'auto, puis chez moi ensuite.

Pourtant, sur mon banc où je souffrais du froid et où j'allumais cigarette après cigarette, j'accédais, me semblait-il, à une lucidité nouvelle, qui me mettait mal à l'aise et commençait à m'effrayer.

Elle se résumait d'un mot, de trois mots plutôt, que je croyais entendre prononcer :

— Tu l'as tué...

Peut-être pas dans le sens légal du terme. Et encore ! La non-assistance à personne en péril n'est-elle pas assimilée au crime ?

Quand j'étais sorti de la maison, quand les deux femmes m'avaient envoyé à la recherche de Ray, je m'étais tout de suite dirigé vers la droite. Plus exactement, pour les tromper, au cas où elles m'auraient observé par la fenêtre et aperçu la lueur de ma lampe de poche, j'avais d'abord parcouru quelques mètres droit devant moi et ensuite, en sécurité dans le noir, j'avais obliqué à droite, sachant que je trouverais la grange à une trentaine de mètres.

J'étais épuisé physiquement et je crois pouvoir ajouter que je l'étais moralement aussi. Cette énorme tempête, ce déchaînement du monde qui tout à l'heure m'exaltait jusqu'à l'hilarité nerveuse, m'effrayait tout à coup.

Pourquoi étaient-elles restées à la maison ? Pourquoi n'étaient-elles pas venues chercher, elles aussi ? Je revoyais Isabel, impassible, l'air d'une statue avec son candélabre d'argent qu'elle tenait un peu plus haut que son épaule. Les traits de Mona, dans la pénombre, étaient brouillés, mais elle n'avait rien dit.

Ni l'une ni l'autre ne paraissaient avoir compris qu'il se passait un vrai drame et qu'en m'envoyant dehors elles me mettaient, moi aussi, en danger. Mon cœur battait trop fort, par à-coups. À chaque instant je perdais mon souffle.

J'avais peur, je l'ai déjà dit. J'ai encore crié une fois ou deux :

— Ray...

Cela aurait été un miracle qu'il m'entende, comme cela aurait été un miracle qu'il aperçoive la lumière, beaucoup trop faible, de la lampe de poche dans la neige qui tombait presque parallèlement au sol. Elle ne tombait pas. Elle fouettait, jetée en avant par véritables paquets qu'on recevait au visage et qui vous étouffaient.

J'ai entendu grincer la porte de la grange et je me suis élancé à l'intérieur où je me suis laissé tomber sur le banc.

Un banc rouge. Un banc de jardin. Je me rendais compte du grotesque de la situation : en pleine nuit, en plein blizzard, un homme de quarante-cinq ans, avocat, citoyen respectable, assis sur un banc rouge et allumant une première cigarette d'une main tremblante comme si elle allait le réchauffer.

— Je l'ai tué...

Peut-être pas encore. Sans doute était-il encore en vie, mais en train de mourir, en danger de mort. Il ne connaissait pas comme moi les environs de la maison et, s'il obliquait à droite, s'il s'écartait de quelques mètres seulement, il dégringolerait du rocher jusqu'au ruisseau gelé.

Cela m'était indifférent. Je n'avais pas le courage de le chercher, de courir le moindre risque. Au contraire.

Et voilà où j'en arrive, où je suis bien obligé d'en arriver. Voilà où j'en venais petit à petit, cette nuit-là, la nuit du 15 au 16 janvier, sur mon banc, dans la grange : ce qui était en train d'arriver à Ray ne me déplaisait pas.

Aurais-je été dans le même état d'esprit si je n'avais pas bu chez les Ashbridge ? C'est un problème difficile à résoudre et, au fond, il ne change pas grand-chose. Aurais-je ressenti le même soulagement pervers si je n'avais poussé la porte de la salle de bains et surpris Ray faisant l'amour avec Patricia ?

Ici, c'est différent. J'en arrive au cœur de mes ruminations, car c'est à des ruminations plutôt qu'à des réflexions suivies que je me livrais sur mon banc.

J'avais le temps. J'étais censé chercher Ray. Plus longtemps je resterais dehors et plus on me remercierait.

Ce que Ray faisait ce soir-là dans la salle de bains avec une femme qu'il connaissait depuis deux heures à peine, belle et désirable comme Patricia, j'ai rêvé cent fois, mille fois de le faire.

Lui a épousé Mona qui, comme Patricia, fait penser à un lit.

Moi, j'ai épousé Isabel.

Je pourrais presque dire :

— C'est tout...

Mais ce n'est pas tout. J'avais commencé, Dieu sait pourquoi, à déchirer un coin de la vérité de tous les jours, à me voir dans une autre sorte de miroir, et maintenant l'ensemble de la vieille vérité plus ou moins confortable s'en allait en morceaux.

Cela datait de Yale. Cela datait d'avant Yale, d'avant que je ne connaisse Ray. Cela datait, au fond, de mon enfance. J'aurais voulu... Allez trouver les mots !... J'aurais voulu tout faire, être tout, avoir toutes les audaces, regarder les gens dans les yeux, leur dire...

Regarder les gens à la façon du vieil Ashbridge, par exemple, devant qui, tout à l'heure, je me sentais comme un petit garçon.

Il ne se donnait pas la peine de parler, de prendre une attitude. Il n'essayait pas de communiquer. J'étais devant lui. Peut-être voyait-il à travers ma tête ? Je n'avais aucune importance.

Il avait soixante-dix ans et il n'avait jamais été beau. Il buvait ses petits verres qui donnaient à ses yeux cet aspect glauque et des dizaines d'invités avaient envahi sa maison.

Se préoccupait-il de ce qu'ils pensaient de lui ? Il leur fournissait à boire, à manger, des fauteuils, des chambres ouvertes, y compris la salle de bains où Patricia...

Ignorait-il que sa femme le trompait ? En souffrait-il ? Méprisait-il, au contraire, le pauvre Ray qui n'avait fait que succéder à tant d'autres et qui, dans cinq minutes, ne compterait plus, qui ne comptait déjà plus, à qui elle allait peut-être, ce soir même, donner un successeur dans une autre des pièces ou dans la même ?

Je n'admirais pas seulement Ashbridge parce qu'il était riche et parce qu'il avait des intérêts dans cinquante affaires différentes, depuis les bateaux de commerce jusqu'aux émetteurs de télévision.

Quand il s'était installé dans le pays, dix ans auparavant, j'aurais aimé l'avoir pour client, obtenir de m'occuper d'une toute petite partie seulement de ses affaires.

— Un de ces jours, il faudra que je vous parle, m'avait-il dit.

Les années avaient passé et il ne m'avait jamais parlé. Je ne lui en voulais pas.

Pour Ray, c'était différent, parce que Ray et moi étions du même âge, presque de même extraction, que nous avions fait les mêmes études, qu'à Yale j'étais plus brillant que lui et qu'il était devenu un personnage important de Madison Avenue tandis que je n'étais qu'un brave petit avocat de Brentwood, Connecticut.

Ray était plus grand que moi, plus fort que moi. À vingt ans, il pouvait déjà regarder les gens à la façon du vieil Ashbridge.

J'ai rencontré d'autres hommes de leur espèce. J'en ai pour clients. Mon sentiment à leur égard varie selon les jours et selon mon humeur. Parfois, je suis persuadé que c'est de l'admiration. D'autres fois, j'avoue une certaine envie.

Eh bien, je le savais maintenant, je venais d'en faire la découverte sur mon banc : c'était de la haine.

Ils me faisaient peur. Ils étaient trop forts pour moi, ou c'était moi qui étais trop faible pour eux.

Je me souviens du soir où Ray m'a présenté Mona, qui portait une petite robe en soie noire sous laquelle on sentait vivre son corps jusque dans ses moindres recoins.

— Pourquoi pas moi ?

Pour moi, Isabel. Pour lui, Mona.

Et si j'ai choisi Isabel, n'est-ce pas, justement, parce que je n'ai jamais osé m'adresser à une Mona, à une Patricia, à toutes les femmes que j'ai désirées jusqu'à en serrer les poings de rage ?

Le vent soufflait avec tant de violence que je m'attendais à voir s'envoler le toit de la grange. Le gond supérieur de la porte s'était cassé et elle pendait maintenant de travers, ce qui ne l'empêchait pas de taper des coups sourds sur le mur.

La neige qui s'engouffrait à l'intérieur arrivait presque jusqu'à mes pieds et je continuais à penser dans une sorte de délire, de délire froid, de délire lucide.

— Je t'ai tué, Ray…

Et si j'allais le leur dire, aux deux femmes bien au chaud dans la maison, éclairées par une bougie ?

— J'ai tué Ray...

Elles ne me croiraient pas. Je n'étais même pas l'homme à tuer Ray, ni à tuer personne.

Pourtant, je venais de le faire et j'en ressentais une joie diffuse, physique, comme si je venais de me réconforter d'une boisson très forte.

Je me levai. Je n'étais quand même pas censé rester des heures dehors. En outre, j'étais figé de froid et j'avais peur pour mon cœur. J'ai toujours eu peur que mon cœur s'arrête soudain de battre.

Je plongeai dans la neige qui me frappait le visage, la poitrine, engloutissait mes jambes. Je devais faire un effort pour en arracher un pied, puis l'autre.

— Ray !...

Il ne fallait pas que je me trompe, que je m'écarte du chemin. La maison était invisible. Je m'étais repéré en quittant la grange. Il me suffisait maintenant de marcher droit.

Et si j'allais retrouver Ray en compagnie des deux femmes devant la cheminée du living-room ? Je les imaginais, me regardant entrer comme un fantôme et disant en souriant :

— Pourquoi es-tu resté si longtemps ?

Cela me fit si peur que j'en trouvai la force de marcher plus vite, au point que je heurtai le mur de la maison dont je me mis à chercher la porte à tâtons. On ne m'avait pas entendu approcher. Je tournai le bouton et je vis d'abord des bûches qui flambaient dans la cheminée, puis quelqu'un, dans un fauteuil, qui portait le peignoir bleu clair d'Isabel. Ce n'était pas Isabel. C'était Mona.

— Où est-elle ?
— Isabel ?... Elle est allée préparer quelque chose à manger... Mais... Donald !

Ce fut presque un cri :
— Donald !

Elle ne se leva pas de son fauteuil. Elle ne me regarda pas. Elle fixait les flammes dans le foyer. Son visage ne reflétait aucun sentiment, sinon l'hébétude.

Elle ajouta tout bas :
— Vous ne l'avez pas trouvé ?
— Non...
— En voyant le temps qui passait...

Oui, en voyant s'écouler le temps, elle avait commencé à comprendre.

— Il est pourtant vigoureux, dis-je, plus vigoureux que moi... Peut-être...
— Peut-être quoi ?

Comment mentir ? Et comment Ray se serait-il dirigé dans cet océan de neige et de glace ?

Isabel entrait, son candélabre à la main, une assiette avec des sandwiches dans l'autre. Elle me regarda, devint plus pâle, les traits plus rigides.

— Mange, Mona...

Combien de temps met-on à mourir, enfoncé dans la neige ? Encore trois heures, quatre heures, et le jour commencerait à poindre.

— Tu as essayé de téléphoner ? ai-je demandé.
— Tout est coupé...

Elle me désigna des yeux un petit transistor.

— Nous prenons les nouvelles tous les quarts d'heure... Il paraît que cela s'étend de la frontière canadienne à New York... Presque partout, dans les campagnes, l'électricité et le téléphone sont coupés...

Elle ajouta d'une voix machinale :

— Ray aurait dû te tenir par le bras, comme nous le faisions toutes les deux...

— Il marchait à ma droite, pas loin de moi...

Mona ne pleurait pas. Elle tenait un sandwich à la main et elle finit par y mordre.

— Tu n'as rien à boire, Isabel ?

— De la bière ? De l'alcool ? Je ne peux pas te préparer quelque chose de chaud, car la cuisinière est électrique.

— Du whisky...

— Tu devrais prendre un bain aussi, Donald... Plus tard, il n'y aura plus d'eau chaude...

C'est vrai que le brûleur à mazout se déclenche. Tout est électrique, même les horloges, sauf la petite pendule de notre chambre à coucher.

Je comprenais à présent pourquoi Mona portait une robe de chambre d'Isabel. Ma femme lui avait fait prendre un bain pour la détendre autant que pour la réchauffer.

— Tu es allé jusqu'à l'auto ?

— Oui...

De nouveau, la peur m'envahissait. Si, en zigzaguant dans la neige, Ray s'était retrouvé près de la voiture ? Le plus sage, dans ce cas, était de s'y réfugier, de s'y calfeutrer le mieux possible en attendant le jour.

Notre maison, Yellow Rock Farm, n'est pas sur la route. Nous avons un chemin privé de plus d'un demi-mile. Les voisins, eux, sont à environ un mile.

— Comme je connais Ray... commença ma femme.

J'attendais la suite avec curiosité.

— ... il s'en sera tiré...

Pas moi, mais lui. Parce que c'est Ray. Parce que c'est quelqu'un d'autre que Donald Dodd.

— Tu ne vas pas te baigner ?... Prends la bougie... Il vaut mieux les ménager et n'en allumer qu'une à la fois... Ici, nous avons les flammes de la cheminée...

Les radiateurs allaient se refroidir. Ils refroidissaient déjà. Dans quelques heures, il n'y aurait plus de chaleur que dans le living-room. Nous serions obligés de nous y blottir tous les trois, le plus près possible du foyer.

C'était à moi de brandir le candélabre pour me diriger vers notre chambre. L'envie de boire renaissait. Je revins sur mes pas et trouvai Isabel versant du whisky à Mona.

Je pris un verre dans le placard, saisis la bouteille à mon tour et compris le regard de ma femme. Toujours pas de reproche. Pas même un avertissement muet. C'était différent. Cela durait depuis des années, sans doute depuis que nous nous connaissions. Une sorte de procès-verbal.

Elle enregistrait, sans commentaires, comme sans juger, en s'interdisant même de juger. Les faits n'en étaient pas moins là, en colonnes, bien en ordre, à la suite les uns des autres.

Il devait y en avoir des milliers, des dizaines de milliers. Dix-sept ans de vie commune, sans compter un an de fiançailles !

Je le fis exprès de me servir largement, de me verser le double, sinon le triple, de ce que je prenais d'habitude.

— À votre santé, Mona...

Le mot était ridicule, mais elle ne parut pas entendre. Je bus avidement. La chaleur se répandait dans mon corps et je me rendais seulement compte à quel point celui-ci était glacé.

La salle de bains me fit penser à celle des Ashbridge et m'inspira une pensée dont la vulgarité m'humilie.

— Du moins aura-t-il eu un dernier plaisir...

Pourquoi étais-je si certain que Ray était mort ? L'hypothèse de la voiture était plausible. Isabel avait peut-être raison. Elle ne savait pas, elle, que je n'étais pas allé jusque-là. Il avait pu aussi, mais c'était plus difficile, atteindre une des maisons d'alentour. Le téléphone étant coupé, il lui était impossible de nous prévenir.

— Je l'ai tué...

Mona avait la même impression que moi, je l'avais compris à son attitude. Aime-t-elle vraiment Ray ? Y a-t-il des gens qui continuent à s'aimer après un certain nombre d'années ?

Ray et Mona n'ont pas d'enfants. Nous, nous en avons deux, deux filles, qui sont à la pension Adams, une des meilleures du Connecticut, à Litchfield, dirigée par miss Jenkins.

Avaient-ils de la lumière, à Litchfield ?

Mildred a quinze ans, Cécilia douze, et elles viennent passer le week-end à la maison toutes les deux semaines. Heureusement que leur congé n'est pas tombé ce week-end.

L'eau coulait dans la baignoire. Je mis la main à temps sous le robinet pour m'apercevoir qu'elle était maintenant froide et je dus me contenter d'un tiers de baignoire.

C'était drôle, cette nuit, d'être un homme honorable, un des deux partenaires du cabinet Higgins et Dodd, marié, père de deux filles, propriétaire de Yellow Rock Farm, une des plus anciennes et des plus agréables maisons de Brentwood, et de penser qu'on venait de tuer un homme.

Par omission, soit ! Faute de l'avoir cherché.

Qui sait ? Si j'avais passé des heures, avec ma lampe électrique qui s'éteignait, à errer dans la neige, il est possible, voire probable, que je ne l'aurais pas trouvé.

En pensée, alors ? Le mot était plus exact. Je n'avais pas cherché. Dès qu'on n'avait plus pu me voir de la maison, j'avais obliqué vers la grange pour m'y mettre à l'abri.

Est-ce que Mona allait être désespérée ? Savait-elle que Ray couchait avec d'autres femmes dès qu'une occasion se présentait ?

Qui sait si elle n'était pas comme Patricia ? Peut-être Ray et Mona n'étaient-ils pas jaloux et se racontaient-ils leurs aventures ?

Je me promettais de m'en assurer. Si quelqu'un devait en profiter, c'était moi…

Je faillis m'assoupir dans mon bain et je fis attention de ne pas glisser en sortant de la baignoire car je ne me sentais pas sûr de mes mouvements.

Qu'allait-on faire, tous les trois ? Pas se coucher, sans doute. Est-ce qu'on se couche quand le mari de l'invitée…

Non. On ne se coucherait pas. D'ailleurs, les chambres devenaient glacées et je grelottais dans mon peignoir. Je choisis un pantalon de flanelle grise, un épais pull-over que je ne mettais d'habitude que pour aller pelleter la neige dans l'allée.

Une des deux bougies était finie et j'allumai la seconde, mis mes pantoufles pour me diriger vers le living-room.

— Tu sais s'il reste du bois dans la cave ?

On ne s'en servait presque jamais. Nous n'allumions du feu dans la cheminée que lorsque nous avions des amis, on descendait à la cave par une trappe et par une échelle, ce qui compliquait le ravitaillement en rondins.

— Je crois qu'il en reste...

Je regardai machinalement la bouteille de scotch. Quand j'avais quitté les deux femmes, la bouteille était à moitié pleine. Il n'en restait qu'un fond.

Isabel avait suivi mon regard, évidemment, et, évidemment aussi, elle avait compris.

D'un autre regard, posé sur le visage de Mona, elle me fournit la réponse. Mona, le visage cramoisi, dormait dans son fauteuil, et le peignoir, en s'écartant, laissait voir un genou nu.

2

Quand j'entrouvris les yeux, j'étais couché sur le canapé du living-room et on m'avait recouvert du plaid à carreaux rouges, bleus et jaunes. Le jour était levé, mais la lumière ne traversait que faiblement les vitres masquées d'une épaisse couche de neige gelée.

Ce qui me frappa tout d'abord, ce qui m'avait peut-être éveillé, c'est une odeur familière, celle des matins ordinaires : l'odeur du café. Les souvenirs de la veille et de la nuit me revenaient. Je me demandai si le courant avait été rétabli. Puis, en tournant un peu la tête, j'aperçus Isabel à genoux devant l'âtre.

J'avais très mal à la tête et il me déplaisait d'affronter la réalité d'une nouvelle journée. J'aurais voulu me rendormir mais, avant que j'aie eu le temps de refermer les yeux, ma femme me demanda :

— Tu es un peu reposé ?
— Je crois… Oui…

Je me levai et constatai que j'avais été plus ivre que je ne l'avais pensé. Tout mon corps était douloureux et je souffrais de vertige.

— Dans un instant, tu auras du café…
— Tu as dormi ? demandai-je à mon tour.
— J'ai sommeillé…

Mais non. Elle nous avait veillés tous les deux, Mona et moi. Elle avait été magnifique, comme toujours. C'était dans son caractère de se comporter à la perfection, quelles que soient les circonstances.

Je l'imaginais, droite dans son fauteuil, nous observant tour à tour, se levant parfois sans bruit pour entretenir le feu.

Puis, dès la première lueur de l'aube, éteignant la précieuse bougie et allant chercher dans la cuisine une casserole avec le plus long manche possible. Pendant que nous dormions, elle avait pensé au café.

— Où est Mona ?

— Elle est allée s'habiller...

Dans la chambre d'amis, au bout du couloir, dont les fenêtres donnaient sur l'étang. Je me souvins des deux valises en cuir bleu que Ray y avait portées la veille, avant la soirée chez les Ashbridge.

— Comment est-elle ?

— Elle ne se rend pas encore compte...

J'écoutais le bruit de la tempête, toujours aussi fort que quand je m'étais endormi. Isabel me versait du café dans ma tasse habituelle, car nous avions chacun notre tasse ; la mienne était un peu plus grande, car je bois beaucoup de café.

— Il faudra monter du bois...

Il n'y avait plus de bûches dans le panier à droite de la cheminée et celles qui brûlaient ne tarderaient pas à tomber en cendres.

— J'y vais...

— Tu ne veux pas que je t'aide ?

— Mais non...

Je comprenais. Elle m'avait lancé deux ou trois petits coups d'œil et elle savait que j'avais la gueule de bois. Elle savait tout. À quoi bon essayer de tricher ?

Je finis de boire mon café, allumai une cigarette, passai dans la petite pièce, à côté du living-room, qu'on appelle la bibliothèque parce qu'un des murs est couvert de livres. En repliant le tapis ovale, je découvris la trappe que je soulevai et alors seulement je me souvins que j'avais besoin d'une bougie.

Tout cela était confus, fantomatique.

— Combien reste-t-il de bougies ?

— Cinq. Tout à l'heure, j'ai pris Hartford à la radio...

C'est la grande ville la plus proche.

— La plupart des campagnes sont dans notre cas. Partout, on travaille à réparer les lignes, mais il reste des endroits qu'on ne peut pas atteindre...

J'imaginai les hommes, dehors, dans le blizzard, grimpant sur les poteaux, les dépanneuses se frayant un chemin dans la neige toujours plus épaisse.

Je descendis l'échelle, ma bougie à la main, me dirigeai vers le fond de la cave taillée dans le roc, cette roche jaune qui a donné son nom à l'ancienne ferme. Une tentation me venait de m'asseoir pour être seul et pour penser.

Mais penser à quoi ? C'était fini. Il n'y avait plus à penser.

Il restait à monter du bois...

Je garde de cette matinée un souvenir glauque, comme de certains dimanches de mon enfance, quand la pluie m'empêchait de sortir et que je ne savais où me mettre. Il me semblait alors que les gens, les choses n'étaient pas à leur place, que les bruits étaient différents, ceux de la rue comme ceux de l'intérieur. Je me sentais désemparé, avec une petite angoisse tout au fond de moi-même.

Cela me rappelle un détail ridicule. Mon père s'attardait au lit plus que les autres jours et il m'arrivait de le voir se raser. Il allait et venait, vêtu d'une vieille robe de chambre, et son odeur aussi était différente, comme celle de la chambre de mes parents, peut-être parce qu'on y faisait le ménage plus tard dans la journée.

— Bonjour, Donald... Vous avez pu dormir un peu ?...

— Oui, merci... Et vous ?

— Moi, vous savez...

Elle portait des pantalons noirs et un chandail jaune. Coiffée, maquillée, elle fumait une cigarette d'un air las tout en tournant la cuiller dans sa tasse.

— Qu'est-ce que nous allons faire ?

Elle disait cela pour parler, sans conviction, en regardant les flammes.

— Je crois, à la rigueur, que je peux vous préparer des œufs frits... Il y en a dans le réfrigérateur...

— Je n'ai pas faim...

— Moi non plus... S'il reste du café...

Du café, des cigarettes, c'était, pour ma part, tout ce dont j'avais envie. J'allai entrouvrir la porte, que je dus maintenir contre la bourrasque, et c'est à peine si je reconnus les alentours.

La neige formait des vagues de plus d'un mètre de haut. Il en tombait toujours, aussi serré que pendant la nuit, et on devinait avec difficulté la masse rouge de la grange.

— Tu crois qu'on peut essayer ? me demanda Isabel.

Essayer quoi ? D'aller à la recherche de Ray ?

— Je vais mettre mes bottes et ma canadienne...

— Je t'accompagne...

— Moi aussi...

Tout cela était incohérent et je m'en rendais compte. J'avais envie de leur déclarer tranquillement :

— Il est inutile d'aller à la recherche de Ray... Je l'ai tué...

Car je me souvenais de l'avoir tué. Je me souvenais de tout ce qui s'était passé sur le banc, de tout ce que j'avais pensé. Pourquoi ma femme me lançait-elle sans cesse de petits coups d'œil ?

Pour elle, j'avais bu, certes. Ce n'est pas un crime. Un homme a le droit, deux fois dans sa vie, de s'enivrer. J'avais choisi le mauvais soir, mais je ne pouvais pas le savoir.

Au surplus, c'était la faute de Ray. S'il n'avait pas entraîné Patricia dans la salle de bains du premier étage...

Tant pis ! J'allais encore faire semblant. Je mettais mes bottes. J'endossais ma canadienne. Isabel en faisait autant, disant à Mona :

— Non, toi, tu restes. Il faut quelqu'un pour entretenir le feu...

Nous avons marché l'un à côté de l'autre, nous poussant en quelque sorte dans la neige qui se tassait devant nous à mesure que nous essayions d'avancer. Le froid nous raidissait le visage. La tête me tournait et je craignais à chaque instant de m'écrouler, à bout de forces. Je ne voulais pas céder le premier.

— C'est inutile... décida enfin Isabel.

Avant de rentrer, nous avons gratté les vitres d'une des fenêtres afin, par la suite, d'avoir une certaine vue du dehors. Mona avait repris sa place devant le feu et elle ne nous posa pas de question.

Elle écoutait la radio. Hartford annonçait que des toits avaient été arrachés, que des centaines d'automobilistes étaient bloqués sur les routes. On citait les endroits les plus touchés, mais il ne fut pas question de Brentwood.

— Il faut quand même que nous mangions...

Isabel décidait, se dirigeait vers la cuisine et nous restions côte à côte, Mona et moi. Je me demande si c'est vraiment la première fois que nous nous trouvions seuls dans une pièce. En tout cas, j'en ai eu l'impression et cela me procura un plaisir trouble.

Quel âge avait-elle ? Trente-cinq ans ? Davantage ? Elle avait fait du théâtre, jadis, et un peu de télévision. Son père était auteur dramatique. Il écrivait des comédies musicales à succès et il avait eu une vie assez agitée jusqu'à ce qu'il meure trois ou quatre ans plus tôt.

Qu'est-ce que Mona avait de mystérieux ? Rien. C'était une femme comme une autre. Avant d'épouser Ray, elle avait dû avoir des aventures.

— Tout cela me paraît tellement irréel, Donald...

Je la regardai et la trouvai émouvante. J'aurais voulu la prendre dans mes bras, la serrer contre ma poitrine, lui caresser les cheveux. Étaient-ce là les gestes d'un Donald Dodd ?

— À moi aussi...

— Vous avez risqué votre vie, la nuit dernière, en partant à sa recherche...

Je me tus. Je n'avais pas honte. Au fond, je jouissais de ce moment d'intimité.

— Ray était un chic type... murmurait-elle un peu plus tard.

Elle en parlait comme de quelqu'un qui était déjà très loin, avec, me sembla-t-il, une sorte de détachement.

Après un assez long silence, elle ajoutait :

— On s'entendait bien, tous les deux...

Isabel revenait avec une poêle et des œufs.

— C'est le plus facile à préparer. Il y a du jambon dans le réfrigérateur, pour qui en voudra...

Elle s'agenouilla, comme le matin, devant l'âtre, où elle finit par poser la poêle en équilibre.

Que faisaient les gens, dans les autres maisons ? La même chose, sans doute. Sauf que tous n'avaient pas une cheminée, ni du bois. Les Ashbridge seraient bien forcés de remettre leur départ pour la Floride.

Et les filles, à la pension Adams ? Avait-on, là-bas, de quoi se chauffer ? Je me rassurai en me disant que Litchfield est une ville assez importante et qu'on ne signalait pas de coupures de courant dans les villes.

— Le plus violent blizzard depuis soixante-douze ans...

Après les nouvelles, la radio se remettait à chanter et je tournai le bouton.

Nous étions obligés de manger tout près du feu car, à trois mètres déjà, on sentait un froid pénétrant.

Pourquoi Isabel ?... Depuis que nous nous connaissons, je l'ai déjà dit, elle ne cesse de me regarder d'une certaine manière mais il me semblait, ce matin-là, qu'il y avait quelque chose de différent.

J'ai même eu l'impression, à un moment donné, que son regard signifiait :

— Je sais.

Sans colère. Pas comme une accusation. Comme une simple constatation.

— Je te connais et je sais.

Il est vrai que ma gueule de bois ne se dissipait pas et que j'ai failli deux fois au moins aller vomir mon déjeuner. J'avais hâte de boire quelque chose pour me remettre d'aplomb. Je n'osais pas.

Pourquoi ? Toujours des questions. J'ai passé ma vie à me poser des questions, pas beaucoup, quelques-unes, certaines assez idiotes, sans jamais trouver de réponses satisfaisantes.

Je suis un homme. Isabel avait trouvé normal, la veille au soir, de voir une cinquantaine d'hommes et de femmes boire au-delà de toute mesure. Or, c'est tout juste si, moi, je ne me cachais pas pour rafler les verres sur les tables et les vider à la sauvette.

Pourquoi ?

Elle avait été la première, en rentrant, à verser du scotch à l'intention de Mona, qui était pourtant une femme, et j'avais attendu longtemps avant d'oser me servir moi-même.

Qu'est-ce qui m'empêchait, à présent, d'ouvrir le placard aux liqueurs, d'y prendre une bouteille et d'aller chercher un verre à la cuisine ? J'en avais besoin. Je vacillais littéralement. Je n'avais aucune envie de me saouler ; seulement de me remettre d'aplomb.

Cela m'a pris plus d'une demi-heure et j'ai quand même triché.

— Vous n'avez pas envie d'un scotch, Mona ?

Elle regarda Isabel comme pour lui demander la permission, comme si mon offre ne comptait pas.

— Cela me ferait peut-être du bien ?

— Et toi, Isabel ?

— Non, merci...

D'habitude, en dehors des soirées auxquelles nous assistons ou que nous donnons à la maison, je ne bois qu'un whisky par jour, en rentrant de mon bureau pour dîner. Souvent, Isabel en prend un avec moi, très pâle, il est vrai.

Elle n'est pas puritaine. Elle ne critique ni les gens qui boivent ni ceux de nos amis qui mènent une vie plus ou moins irrégulière.

Alors, pourquoi cette peur, nom de Dieu ? Car on aurait pu penser que j'avais peur d'elle. Peur de quoi ? D'un reproche ? Elle ne m'en avait jamais adressé. Alors ? Peur d'un regard ? Comme j'avais peur, enfant, du regard de ma mère ?

Isabel n'est pas ma mère. Je suis son mari et nous avons fait deux enfants ensemble. Jamais elle n'entreprend rien sans me demander conseil.

Elle n'a rien de la femme forte et dominatrice dont tant de maris se plaignent et, quand nous sommes en compagnie, elle me laisse toujours la parole.

Elle est calme, tout simplement. Sereine. Est-ce que ce mot-là n'expliquerait pas tout ?

— À votre santé, Mona...

— À la vôtre, Donald... À la tienne, Isabel...

Mona n'essayait pas de jouer la comédie de la douleur. Peut-être souffrait-elle, mais cela ne devait pas être une souffrance déchirante. Elle avait dit, comme si cela venait du fond d'elle-même :

— Ray était un chic type...

N'était-ce pas révélateur ? Quelque chose comme un copain, comme un bon ami avec qui on a fait un bout de chemin dans la vie d'une façon aussi agréable que possible.

C'était cela aussi qui m'attirait. Depuis longtemps, j'avais senti entre eux cette entente paisible et indulgente.

Ray avait eu envie de Patricia Ashbridge et il l'avait prise, sans se préoccuper, j'en suis sûr à présent, de savoir si sa femme l'apprendrait ou non.

— Il me semble que le vent faiblit...

Nos oreilles étaient si habituées au bruit de l'ouragan que la moindre nuance nous frappait. C'était vrai. On était encore loin du silence, mais l'intensité avait changé et, en regardant par la vitre que nous avions grattée tant bien que mal, il me sembla que les flocons tombaient presque verticalement, bien que tout aussi serrés.

Des équipes, partout dans le pays, travaillaient à dégager les routes et les ambulances s'efforçaient de se tracer un chemin car on signalait des dizaines de blessés et de morts.

— Je me demande ce qui va se passer...

C'était Mona qui parlait, comme en s'interrogeant elle-même. La neige ne fondrait pas avant plusieurs semaines. Une fois les routes déblayées, on s'occuperait de notre chemin. Puis, sans doute, des équipes viendraient rechercher le corps de Ray.

Et après ? Ils habitaient un bel appartement dans un des quartiers les plus agréables et les plus élégants de New York, à Sutton Place en bordure de l'East River.

Retournerait-elle y vivre seule ? Essayerait-elle de refaire du théâtre, de la télévision ?

Elle avait eu raison, tout à l'heure. Tout cela était irréel, incohérent. Pour ma part, au cours de ma méditation sur le banc de la grange, je n'avais pas pensé un instant à l'avenir de Mona.

J'avais tué Ray, soit ; je m'étais vengé, assez salement, assez lâchement, et je ne m'étais pas préoccupé des conséquences.

En réalité, je n'avais tué personne. Inutile de me vanter. J'aurais pu patauger dans la neige pendant le reste de la nuit sans une seule chance de retrouver mon ami.

Je l'avais tué en pensée. En intention. Pas même en intention, car cela aurait demandé un sang-froid que je ne possédais pas à ce moment-là.

— Nous ferions peut-être mieux d'apporter des matelas devant le feu et d'essayer de dormir ? proposa Isabel. Pas toi, Mona. Laisse-nous faire, Donald et moi...

Nous sommes allés chercher, là-haut, les matelas des deux filles, plus étroits et plus légers, puis celui de la chambre d'amis.

Je me demandais assez bêtement si on allait les mettre les uns contre les autres, former ainsi une sorte de grand lit sur lequel nous aurions dormi tous les trois, et je suis sûr qu'Isabel a deviné ma pensée.

Elle a laissé, entre les matelas, le même espace, à peu près, que celui qui existe d'habitude entre les lits jumeaux, puis elle est allée chercher des couvertures.

Il est possible que je me trompe. C'est probable. Pendant le peu de temps que nous sommes restés à nouveau seuls, Mona m'a regardé, puis elle a regardé les matelas.

S'est-elle demandé lequel serait le sien et lequel serait le mien ? Y a-t-il eu dans son esprit, je ne dirai pas une tentation, mais une vague arrière-pensée ?

Au retour d'Isabel, qui a étendu les couvertures, nous avons hésité une seconde. Et, cette fois, je suis sûr de ce que j'avance. Ce n'est pas par hasard qu'Isabel a choisi le matelas de droite, m'a laissé celui du milieu, réservant celui de gauche à Mona.

Elle me mettait, exprès, entre elles deux. Cela signifiait :

— Tu vois ! J'ai confiance...

En moi ou en Mona ?

Il est vrai que cela pouvait signifier aussi :

— Je te laisse libre... Je t'ai toujours laissé libre...

Ou enfin :

— Tu n'oseras quand même pas...

Il était un peu plus de midi et nous nous efforcions tous les trois de trouver le sommeil. La dernière chose dont je me souvienne, c'est de la main de Mona, sur le parquet, entre nos deux matelas. Cette main-là, dans mon demi-sommeil, prenait une signification inouïe. Pendant tout un temps, je me suis demandé si j'allais oser avancer ma main pour la toucher comme par inadvertance.

Je n'étais pas amoureux. C'était le geste qui comptait, l'audace du geste. Il me semblait que cela aurait été une délivrance. Mais je devais déjà avoir l'esprit embrumé car l'image de la main se transforma en celle d'un chien que je reconnaissais, celui que possédait un de nos voisins quand j'avais douze ans.

Je devais dormir.

Le courant s'est rétabli un peu après dix heures du soir et cela a été une curieuse impression de voir soudain toutes les lampes de la maison s'allumer seules tandis que la bougie continuait à brûler, presque ridicule avec sa flamme rougeâtre.

Nous nous sommes regardés, soulagés, comme si c'était la fin de tous nos ennuis, de toutes nos peines.

Je suis descendu à la cave pour remettre le chauffage en marche et, quand je suis remonté, Isabel essayait de téléphoner.

— Il marche ?
— Pas encore...

J'imaginai une fois de plus les hommes, dehors, grimpant aux poteaux avec, aux pieds, ces curieux demi-cercles en métal qui leur permettent de grimper comme des singes. J'ai souvent rêvé de monter aux poteaux de la sorte.

— Où couche-t-on ? demanda Mona.
— Les chambres ne se réchaufferont que lentement. Il faut attendre au moins deux ou trois heures...

Nous n'avons pas beaucoup parlé, ce dimanche-là, ni dans la journée ni dans la soirée. Si j'écrivais bout à bout les répliques prononcées, cela ne donnerait pas trois pages.

Personne n'a essayé de lire. À plus forte raison n'a-t-il pas été question de jouer à un jeu quelconque. Heureusement qu'il y avait la danse des flammes dans le foyer et c'est à les contempler que nous avons passé le plus clair de notre temps.

Nous nous sommes couchés tout habillés, dans le même ordre que l'après-midi, mais je n'ai pas vu la main de Mona sur le plancher. À certain moment, j'ai entendu des mouvements autour de moi. J'ai vu Isabel, debout devant la cheminée, occupée à plier une couverture.

Je n'ai pas eu besoin de lui demander ce qui se passait. Elle avait lu la question dans mes yeux.

— Il est six heures. Les chambres sont chaudes. Il vaut mieux finir la nuit dans nos lits.

Mona était encore à genoux sur son matelas, le visage rouge, les yeux brouillés de sommeil.

J'ai aidé Isabel à porter le matelas de Mona dans la chambre d'amis et les deux femmes ont refait le lit. Moi, je suis allé me déshabiller dans notre chambre, passer un pyjama, et j'étais couché quand ma femme est arrivée.

— Elle prend la chose avec beaucoup de calme, a dit Isabel.

Elle parlait elle-même calmement, comme pour constater un fait assez peu important. Plus tard, elle m'a touché l'épaule.

— Le téléphone, Donald...

J'ai d'abord cru que quelqu'un nous avait appelés, que le téléphone avait sonné et j'ai pensé tout de suite à Ray. Isabel voulait seulement dire que le téléphone fonctionnait. La pendule ancienne, sur la commode, marquait sept heures et demie. Je me suis levé. Je suis allé boire un verre d'eau dans la salle de bains et j'en ai profité pour me donner un coup de peigne. Puis, assis au bord de mon lit, j'ai appelé le numéro de la police, à Chanaan.

Occupé... Encore occupé... Dix fois, vingt fois, le signal occupé... Enfin une voix lasse...

— Ici, Donald Dodd, de Brentwood... Dodd, oui... L'avocat...

— Je vous connais, monsieur Dodd...

— Qui est à l'appareil ?
— Le sergent Tomasi... Qu'est-ce qui ne va pas, chez vous ?...
— Le lieutenant Olsen n'est pas là ?
— Il a passé la nuit ici, comme nous tous... Vous voulez que je vous le passe ?...
— S'il vous plaît, Tomasi... Allô !... Lieutenant Olsen ?...
— Olsen à l'appareil, oui...
— Ici, Dodd...
— Comment allez-vous ?

Isabel ne pouvait voir mon visage, car je lui tournais le dos, mais j'étais sûr que son regard était posé sur ma nuque, sur mes épaules, et qu'elle me devinait aussi bien ainsi que de face.

— Je dois vous signaler une disparition... Hier soir... Non, c'était avant-hier soir...

La notion du temps s'était déjà détraquée.

— Samedi soir, nous sommes allés avec deux amis de New York à une soirée chez les Ashbridge...

— Je suis au courant...

Olsen était un grand blond au visage impassible, au teint coloré, aux cheveux coupés en brosse. Je ne l'ai jamais vu avec un grain de poussière ou un faux pli à son uniforme. Je ne l'ai jamais vu non plus fatigué, ou impatient.

— Au retour, tard dans la nuit, nous avons été bloqués par la neige à quelques centaines de mètres de chez moi... La torche électrique était à bout... Nous étions quatre, les deux femmes devant, mon ami et moi derrière, à nous efforcer d'atteindre la maison...

Silence à l'autre bout du fil, comme si la ligne était à nouveau coupée. C'était gênant et je sentais toujours sur moi le regard d'Isabel.

— Vous êtes là ?
— J'écoute, monsieur Dodd.
— Les deux femmes sont bien arrivées. J'ai fini, moi aussi, par atteindre la maison et c'est alors seulement que je me suis aperçu que mon ami n'était plus à mon côté...
— Qui est-ce ?...
— Ray Sanders, de la maison Miller, Miller et Sanders, les agents de publicité de Madison Avenue...
— Vous ne l'avez pas retrouvé ?
— Je suis parti à sa recherche, sans pour ainsi dire de lumière... J'ai pataugé dans la neige en criant son nom...
— Avec le blizzard, il aurait fallu qu'il soit très près de vous pour vous entendre...
— Oui... Quand je me suis senti à bout de forces, je suis rentré... Hier matin... Oui, hier dimanche, nous avons essayé de sortir, ma femme et moi, mais la neige était trop profonde...
— Vous avez téléphoné à vos plus proches voisins ?
— Pas encore... Je suppose que, s'il se trouvait chez l'un d'eux, il m'aurait déjà appelé...
— C'est probable... Écoutez, je vais essayer de vous envoyer une équipe... Ce ne sont pas des chasse-neige qu'il nous faudrait, mais des bulldozers... Une partie de la route seulement est à peu près dégagée... Appelez-moi si vous aviez du nouveau...

En somme, nous avions fait ce que nous avions pu. J'étais en règle avec les autorités.

— Ils viendront ? demanda la voix unie de ma femme.

— Une seule partie de la route est dégagée. Il dit que ce ne sont pas des chasse-neige qu'il faudrait, mais des bulldozers... Il va essayer de nous envoyer une équipe, il ne sait pas quand...

Elle est allée dans la cuisine préparer le café pendant que je prenais une douche et que j'endossais les mêmes vêtements que la veille, mes pantalons de flanelle grise et mon vieux chandail brun.

Isabel avait préparé des œufs au bacon pour nous deux et, comme la place de Mona restait vide, elle a dit :

— Elle dort...

Je crois qu'il y avait quand même chez elle une certaine surprise devant les réactions, ou plutôt le manque de réactions, de Mona. Isabel se serait-elle comportée autrement si c'était moi qui m'étais perdu dans la neige ?

Au fait, je comprenais soudain cette sorte de vide que je ressentais depuis que ma femme m'avait réveillé en me touchant l'épaule : le vent ne soufflait plus. L'univers était devenu silencieux, d'un silence qui ne paraissait pas naturel après les heures de vacarme que nous venions de vivre.

J'ai pris la télévision. J'ai vu des toits déchiquetés, des autos ensevelies dans la neige, des arbres abattus, un autobus renversé, en pleine rue, à Hartford. J'ai vu aussi les rues de New York qu'on s'efforçait de déblayer et où de rares silhouettes noires s'engluaient dans la neige des trottoirs.

On était sans nouvelles de plusieurs bateaux en mer. Une maison soufflée par le vent. Une autre qui se tenait de travers, maintenue par une montagne de neige.

De la neige, il y en avait plus d'un mètre à notre propre porte et nous ne pouvions rien faire d'autre qu'attendre.

J'ai donné trois coups de téléphone, chez Lancaster, l'électricien, dont la maison est à un demi-mile à vol d'oiseau de la nôtre, chez Glendale, l'expert-comptable, et enfin chez un type que je n'aime pas, un nommé Cameron, qui s'occupe vaguement d'affaires immobilières.

— Ici, Donald Dodd... Excusez-moi de vous déranger... Un de mes amis ne se serait-il pas réfugié chez vous, par hasard ?...

Aucun des trois n'avait vu Ray. Il n'y eut que Cameron pour demander avant de répondre :

— Comment est-il ?

— Grand, les cheveux bruns, une quarantaine d'années...

— Il s'appelle ?

— Ray Sanders... Vous l'avez vu ?...

— Non... Je n'ai vu personne...

Quand je suis retourné à la cuisine, Mona y mangeait. Contrairement à Isabel, elle n'avait pas fait sa toilette et les cheveux lui tombaient sur le visage. Elle sentait le lit. Isabel ne sentait jamais le lit mais, comme disait ma mère, elle sent le propre.

Ce désordre de Mona, ce laisser-aller un peu animal me troublaient, comme le regard interrogateur, sans fièvre, qu'elle me lança avant de prononcer du bout des lèvres :

— Quand viendront-ils ?

— Dès qu'ils pourront. Ils sont déjà en route, mais ils devront attendre qu'on déblaie...

Isabel nous regardait tour à tour et je suis incapable de dire ses pensées. Si elle devinait celles des autres, il était impossible de deviner les siennes.

Pourtant, elle avait le visage le plus ouvert qui soit. Elle inspirait confiance à tout le monde. Dans les œuvres dont elle s'occupait, c'était à elle qu'on confiait les tâches délicates ou ennuyeuses et elle les acceptait avec son sourire immuable.

— Isabel est toujours là quand on a besoin d'elle...

Pour conseiller, pour consoler, pour aider... En dehors d'une femme de ménage, qui venait trois heures par jour et un jour plein par semaine, elle s'occupait de la maison et faisait la cuisine. C'était elle aussi qui s'était occupée de nos filles jusqu'à ce qu'elles entrent à la pension Adams, faute d'une bonne école pour elles à Brentwood.

Il s'y mêlait peut-être un certain snobisme. Isabel aussi est allée à l'école Adams, de Litchfield, considérée comme une des institutions les plus fermées du Connecticut.

Pourtant, Isabel n'était pas snob. J'ai vécu dix-sept ans avec elle. Pendant dix-sept ans, nous avons dormi dans la même chambre. Je suppose que nous avons fait l'amour plusieurs milliers de fois. Néanmoins, je ne parviens pas encore à me faire d'elle une image précise.

Je connais ses traits, la coloration de sa peau, les reflets blonds de ses cheveux qui tirent sur le roux, ses épaules larges qui deviennent un peu lourdes, ses gestes calmes, sa démarche.

Elle s'habille beaucoup en bleu pâle, mais la couleur qu'elle préfère est le mauve hortensia.

Je connais son sourire, jamais très prononcé, un sourire légèrement gommé qui n'en éclaire pas moins son visage déjà clair par nature.

Mais que pense-t-elle, par exemple, à longueur de journée ? Que pense-t-elle de moi, qui suis son mari et le père de ses filles ? Quels sont ses sentiments réels à mon égard ?

Que pense-t-elle, à l'instant même, de Mona qui achève de manger ses œufs ?

Elle ne peut pas aimer Mona, qui est trop différente d'elle et qui représente le laisser-aller, le désordre, Dieu sait quoi encore.

Le passé de Mona n'est pas simple et net comme le sien. Il existe une partie plus ou moins trouble, les nuits de Broadway, les coulisses des théâtres, les loges d'acteurs et d'actrices, et son père que cela ne gênait pas de confier sa fille tantôt à une de ses maîtresses tantôt à une autre.

Mona n'avait pas pleuré. Elle n'était pas abattue. Elle donnait plutôt l'impression de quelqu'un qui commence à trouver que les choses traînent en longueur.

Son mari était quelque part dans la neige, à cent ou deux cents mètres de la maison, une maison qui n'était pas la sienne, où elle n'avait pas ses habitudes et où elle devait se sentir comme prisonnière.

Maintenant que le blizzard était fini, que la neige avait cessé de tomber, que la lumière était revenue, qu'on pouvait communiquer par téléphone et qu'on revoyait vivre le monde sur l'écran de télévision, il fallait encore attendre qu'une équipe arrive de Chanaan et se mette à remuer des milliers de mètres cubes de neige.

— Je n'ai plus de cigarettes… constata-t-elle en repoussant son assiette.

J'allai lui en chercher un paquet dans le placard aux liqueurs. Cela me frappa soudain que nous ayons mangé dans la cuisine alors que, quand nous avons des amis, nous prenons toujours nos repas, y compris le petit déjeuner, dans la salle à manger.

Même seuls, Isabel et moi, c'est dans la salle à manger aussi que nous déjeunons et que nous dînons.

On avait monté les matelas des filles dans les chambres du premier et les verres sales avaient disparu.

— Je vais te donner un coup de main…

Mona portait son pantalon noir, son chandail jaune canari. Elle aidait ma femme à faire la vaisselle et je ne savais où me mettre. Je pensais trop. Je me posais trop de questions qui me mettaient mal à l'aise.

Ces questions-là ne pouvaient pas toutes dater du temps que j'avais passé sur le banc dans la grange. Je n'avais pas vécu dix-sept ans sans m'en poser quelques-unes.

Comment se fait-il que, jusqu'ici, elles ne m'aient pas troublé ? Je devais leur faire, machinalement, les réponses convenables, celles qu'on apprend dès l'école. Le père. La mère. Les enfants. L'amour. Le mariage. La fidélité. La bonté. Le dévouement…

C'est vrai que j'avais vécu ainsi. Même comme citoyen, je prenais mes devoirs aussi au sérieux qu'Isabel.

Est-il possible que je ne me sois jamais rendu compte que je me mentais à moi-même et qu'au fond je ne croyais pas à ces images édifiantes ?

Dans notre étude, c'est mon associé, Higgins, que j'appelle toujours le vieux Higgins, bien qu'il n'ait que soixante ans, qui s'occupe des ventes et achats de propriétés, des hypothèques, des constitutions de sociétés et, en général, de toutes les affaires techniques.

C'est un bonhomme grassouillet et roublard qui, en d'autres temps, aurait pu vendre sur les foires de l'élixir de longue vie. Il est plutôt sale, mal tenu, et je le soupçonne d'exagérer la vulgarité de ses attitudes pour mieux tromper son monde.

Il ne croit à rien ni en personne et il me choque souvent par son cynisme.

Quant à moi, mon domaine est plus personnel, car je m'occupe des testaments, des successions et des affaires de divorce. J'en ai réglé des centaines, car notre clientèle s'étend assez loin de Brentwood et beaucoup de gens riches habitent la région.

Je ne parle pas du criminel. C'est à peine si j'ai eu à plaider dix fois devant un jury.

Je devrais connaître les hommes. Les hommes et les femmes. Je croyais les connaître et cependant, dans ma vie privée, je me comportais et je pensais comme dans ce qu'on appelle les bons livres.

Au fond, j'étais resté un boy-scout.

C'est sur le banc...

Je ne sais pas où sont les deux femmes, sans doute dans la chambre d'amis, et je traîne, seul, dans le living-room et la bibliothèque, à ruminer des pensées dont je ne suis pas fier.

Moi qui m'étais cru un esprit précis ! Il avait suffi du spectacle d'un homme et d'une femme faisant l'amour dans une salle de bains...

Car c'était bien le point de départ. Tout au moins le point de départ apparent. Il devait exister d'autres causes, plus lointaines, que je ne découvrirais que plus tard.

C'est sur le banc rouge, dans la grange dont la porte battait, qu'une vérité m'est apparue, qui a tout changé :

— Je le hais…

Je le hais et je le laisse mourir. Je le hais et je le tue. Je le hais parce qu'il est plus fort que moi, parce qu'il a une femme plus désirable que la mienne, parce qu'il mène une existence comme j'aurais voulu en mener, parce qu'il va dans la vie sans se préoccuper de ceux qu'il bouscule sur son passage…

Je ne suis pas un faible. Je ne suis pas non plus un raté. Ma vie, c'est moi qui l'ai choisie, comme j'ai choisi Isabel.

L'idée d'épouser Mona, par exemple, ne me serait pas venue si je l'avais connue à l'époque. Ni celle d'entrer, Madison Avenue, dans une affaire de publicité.

Ce choix, je ne l'ai pas fait par lâcheté, ni par paresse.

Cela devient beaucoup plus compliqué. Je touche à un domaine où je soupçonne que je vais faire des découvertes déplaisantes.

Prenons le cas d'Isabel. Je l'ai rencontrée à un bal, à Litchfield, justement, où elle habitait avec ses parents. Son père était le chirurgien Irving Whitaker, qu'on appelait souvent à Boston et ailleurs dans des cas difficiles. Quant à sa mère, c'était une Clayburn, des Clayburn débarqués du *Mayflower*.

Ce n'est ni la réputation du père ni le nom de la mère qui m'ont influencé. Ce n'est pas la beauté d'Isabel non plus, ni son attrait physique.

Je désirais d'autres filles beaucoup plus qu'elle.

Son calme, cette sorte de sérénité qu'elle avait déjà à l'époque ? Sa douceur ? Son indulgence ?

Mais pourquoi aurais-je cherché de l'indulgence alors que je ne faisais rien de mal ?

En somme, j'avais besoin que les choses soient bien unies, bien ordonnées autour de moi.

Alors que j'ai une furieuse envie d'une femme comme Mona, qui est tout le contraire !

— L'important, disait mon père, est de bien choisir au départ...

Il ne parlait pas seulement de choisir sa femme mais de choisir une profession, un mode de vie, un mode de pensée.

J'ai cru choisir. J'ai fait de mon mieux. Je me suis usé à faire de mon mieux.

Et, peu à peu, j'en suis arrivé à guetter une approbation dans le regard d'Isabel.

Ce que j'avais choisi, en définitive, c'était un témoin, un témoin bienveillant, quelqu'un qui, d'un coup d'œil, me ferait comprendre que je me maintenais dans la bonne voie.

Tout cela venait de craquer en une nuit. Ce que j'enviais chez Ray, comme chez un Ashbridge, c'était de n'avoir besoin de personne, de l'approbation de personne.

Peu importait à Ashbridge qu'on se moque de lui parce que ses trois femmes successives l'avaient trompé. Il les choisissait jeunes, belles, sensuelles, et il savait d'avance ce qu'il pouvait en attendre.

S'en moquait-il vraiment ?

Et Ray aimait-il Mona ? Cela lui était-il indifférent qu'avant de le connaître elle ait passé dans les bras de tant d'hommes ?

Étaient-ce eux les forts et moi le faible, parce que j'avais choisi de vivre en paix avec moi-même ?

Eh bien, cette paix, je ne l'avais pas trouvée. J'avais fait semblant. J'avais passé dix-sept ans de ma vie à faire semblant.

Je tendais l'oreille à un bourdonnement encore lointain et, quand j'ouvris la porte, le bourdonnement s'amplifia. Je compris que les machines se rapprochaient de chez nous et il me sembla même entendre vaguement des voix d'hommes.

Découvrirait-on Ray aujourd'hui ? C'était peu probable. Mona allait encore passer au moins une nuit à la maison et je regrettais que ce ne soit pas, comme la première nuit, sur un matelas dans le living-room.

Je revoyais sa main sur le plancher, cette main que j'avais une telle envie de toucher, comme si elle était devenue un symbole.

J'essayais d'échapper. Mais échapper à quoi ?

Depuis un peu plus de vingt-quatre heures, je savais qu'en réalité j'étais cruel, capable de me réjouir de la mort d'un homme que j'avais toujours considéré comme mon meilleur ami, capable, au besoin, de la provoquer.

— Tu vas nous faire geler...

Je refermai vivement la porte et retrouvai les deux femmes qui étaient allées s'habiller. Mona portait une robe rouge, ma femme une robe bleu pâle. On aurait dit qu'elles s'efforçaient de rentrer dans la vie de tous les jours.

Tout cela n'en restait pas moins faux.

3

Vers quatre heures, nous avons aperçu par la fenêtre les machines qui attaquaient lentement la neige, y creusaient une tranchée aux cloisons aussi nettes que des falaises. C'était fascinant. Nous ne disions rien. Nous regardions sans penser. Pour ma part, en tout cas, je ne pensais pas. Depuis le samedi soir, j'étais en dehors de ma vie ordinaire et comme en dehors de la vie tout court.

Ce dont je me souviens le mieux, c'est de la présence d'une femelle dans la maison. On aurait dit que je la reniflais, comme un chien, que je la cherchais dès qu'elle passait hors de ma vue, que je rôdais autour d'elle en attendant l'occasion de la toucher.

J'avais une envie folle, irraisonnée, animale de la toucher. Mona s'en rendait-elle compte ? Elle ne parlait pas de Ray, deux ou trois fois à peine. Je me demande si, elle aussi, ne cherchait pas une sorte de détente physique.

Et il y avait le regard d'Isabel qui nous suivait tous les deux, sans anxiété, avec seulement un peu d'étonnement. Elle était habituée à l'homme que j'avais été pendant tant d'années au point qu'elle n'avait presque plus besoin de me regarder.

Or, elle sentait le changement. Elle ne pouvait pas ne pas le sentir. Elle ne pouvait pas non plus comprendre d'un seul coup.

Je revois l'immense chasse-neige émergeant à quelques mètres de la maison, fonçant comme s'il allait continuer sa route à travers le living-room. La bête s'est arrêtée à temps. J'ai ouvert la porte.

— Venez boire quelque chose...

Ils étaient trois. Il y en avait deux autres dans une machine qui suivait. Ils sont entrés tous les cinq, raides dans leur canadienne, dans leurs immenses bottes, et l'un d'eux avait les moustaches gelées. Rien que leur présence refroidissait la pièce.

Isabel était allée chercher des verres, du whisky. Ils regardaient, surpris par le calme intime de la maison. Puis ils regardaient Mona. Pas Isabel, mais Mona. Eux aussi, sortant de leur bataille silencieuse avec la neige, sentaient-ils la chaleur de la femelle ?

— À votre santé... Et merci de nous avoir délivrés...

— Le lieutenant va venir... Il est prévenu que la route est libre...

C'était de ces gens qu'on ne voit surgir qu'en de rares occasions, comme les ramoneurs, et qui, le reste du temps, vivent Dieu sait où. Il n'y en avait qu'un dont le visage m'était familier, mais je n'arrivais pas à me rappeler où je l'avais vu.

— Eh bien, merci à vous. Ça réchauffe...

— Encore un verre ?

— Ce ne serait pas de refus, mais on a à faire...

Les monstres repartaient lourdement, entourés de poudre blanche, et bientôt, comme la nuit commençait à tomber, on vit au bout de la tranchée les phares pâles d'une auto.

Deux hommes en uniforme en descendirent, le lieutenant Olsen et un policier que je ne connaissais pas. C'est moi qui leur ouvris la porte, tandis que les deux femmes restaient assises dans leur fauteuil.

— Bonjour, lieutenant. Je suis désolé de vous déranger…

— Vous n'avez aucune nouvelle de votre ami ?

Il alla s'incliner devant Isabel, qu'il avait rencontrée plusieurs fois. Je lui présentai Mona.

— La femme de mon ami Ray Sanders…

Il accepta la chaise qu'on lui avançait. Son compagnon, tout jeune, s'assit aussi.

— Vous permettez, madame Sanders ?…

Il tirait de sa poche un carnet, un stylo.

— Vous dites Ray Sanders… Quelle adresse ?…

— Nous habitons Sutton Place, à Manhattan.

— Quelle est la profession de votre mari ?

— Il dirige une agence de publicité, Madison Avenue, Miller, Miller et Sanders…

— Depuis longtemps ?

— Il a d'abord été l'avocat-conseil des Miller et, depuis trois ans, il est leur associé…

— Avocat… répéta Olsen comme pour lui-même.

Je précisai :

— Nous avons fait ensemble nos études à Yale, Ray et moi… C'était mon plus vieil ami…

Cela ne rimait à rien.

— Vous étiez de passage ? demanda-t-il à Mona.

C'est moi qui répondis :

— Ray et sa femme sont passés nous voir au retour du Canada. Ils devaient rester ici pour le week-end…

— Ils viennent souvent ?

La question me désarçonna, car je ne voyais pas son intérêt. Mona répondit à ma place :

— Deux ou trois fois par an...

Il la regarda avec attention, comme si son physique avait de l'importance.

— Quand êtes-vous arrivés, votre mari et vous ?

— Samedi, vers deux heures de l'après-midi...

— Vous n'avez eu, en route, aucun ennui avec la neige ?

— Un peu. Nous roulions lentement...

— Vous m'avez dit, monsieur Dodd, que vous avez emmené vos amis chez les Ashbridge ?

— C'est exact.

— Ils se connaissaient ?

— Non, comme vous devez le savoir, quand le vieil Ashbridge donne une réception, il ne regarde pas à quelques personnes en plus ou en moins...

Il y eut un léger sourire sur les lèvres du lieutenant qui paraissait en connaître assez long sur les soirées des Ashbridge.

— Votre mari a beaucoup bu ? demanda-t-il à Mona.

— Je n'ai pas été avec lui tout le temps... Il me semble qu'il a bien bu, oui...

Il me sembla, à moi, qu'Olsen s'était déjà renseigné, sans doute en donnant quelques coups de téléphone.

— Et vous, monsieur Dodd ?...

— J'ai bu, oui...

Isabel me regardait, les mains croisées sur les genoux.

— Plus que d'habitude ?

— Beaucoup plus que d'habitude, je l'avoue...

— Vous étiez ivre ?

— Pas tout à fait, mais je n'étais pas dans mon état normal...

Pourquoi éprouvai-je le besoin d'ajouter :

— Cela ne m'est arrivé que deux fois dans ma vie...

Besoin de sincérité ? Défi ?

— Deux fois ! s'exclama Olsen. Ce n'est vraiment pas beaucoup.

— Non.

— Vous aviez une raison de boire autant ?

— Non... J'ai commencé par deux ou trois whiskies, pour me mettre au diapason, puis je me suis mis à vider tous les verres qui me tombaient sous la main... Vous savez comment cela se passe...

J'étais moi-même, très avocat, parlant avec précision.

— Votre ami Ray buvait avec vous ?

— Nous nous sommes rencontrés plusieurs fois... Il nous est arrivé d'échanger quelques phrases, de nous trouver dans le même groupe puis d'être à nouveau séparés. La maison des Ashbridge est grande et il y avait des invités partout...

— Et vous, madame Sanders ?

Elle me regarda comme pour me demander conseil, puis elle regarda Isabel.

— J'ai bu aussi... avoua-t-elle.

— Beaucoup ?

— Je crois... Je suis restée un certain temps avec Isabel...

— Et avec votre mari ?

— Je ne l'ai vu, de loin, que deux ou trois fois...

— Avec qui était-il ?

— Avec différentes personnes que je ne connais pas... Il a eu un assez long entretien avec M. Ashbridge, je m'en souviens, et tous les deux s'étaient réfugiés dans un coin pour discuter...

— En somme, votre mari s'est comporté comme d'habitude dans ces occasions-là ?

— Oui... Pourquoi ?...

Elle me regardait à nouveau, étonnée.

— Je suis obligé de vous poser ces questions parce que c'est la routine en cas de disparition...

— Mais c'est un accident...

— Je n'en doute pas, madame... Votre mari n'avait aucune raison de se suicider, n'est-ce pas ?...

— Aucune...

Elle écarquillait les yeux.

— Ni de disparaître sans laisser de traces ?...

— Pourquoi aurait-il voulu disparaître ?

— Vous avez des enfants ?

— Non.

— Il y a longtemps que vous êtes mariés ?

— Douze ans...

— Votre mari, chez les Ashbridge, n'a retrouvé aucune ancienne connaissance ?

Je commençais à être mal à l'aise.

— Pas que je sache.

— Une femme ?

— Je l'ai vu avec plusieurs femmes... Il est toujours très entouré...

— Aucune dispute ? Aucun événement qui vous revienne à la mémoire ?

Mona a rougi légèrement et je suis persuadé qu'elle est au courant de ce qui s'est passé entre Ray et

Patricia. A-t-elle, comme moi, entrouvert la porte de la salle de bains ? Les a-t-elle vus sortir de cette pièce ?

— Vous êtes restés parmi les derniers ?

Il était certain, maintenant, que le lieutenant avait pris ses renseignements.

— Après nous, il n'y avait plus qu'une demi-douzaine de personnes...

— Qui a pris le volant ?

— Moi.

— Je dois reconnaître que, par le temps qu'il faisait, vous vous en êtes bien tiré. Quatre cents mètres de plus et vous étiez chez vous...

— Après le petit pont, il se forme toujours des congères...

— Je sais...

J'entendais depuis quelques minutes un nouveau grondement, dehors. En me tournant vers les vitres, j'aperçus dans l'obscurité, devenue complète, une pelleteuse qui fonctionnait sous les feux d'un projecteur.

Olsen comprit ma question inexprimée.

— J'ai ordonné à tout hasard de commencer les recherches malgré la nuit... On ne sait jamais...

Savoir quoi ? Si Ray était encore vivant ?

— Une fois hors de la voiture, vous avez marché dans l'obscurité...

— La torche électrique ne fonctionnait presque plus. J'ai préféré que les deux femmes marchent devant...

— C'était prudent.

Isabel, immobile sur sa chaise, nous observait tour à tour, suivait les répliques sur les lèvres de chacun : c'était un peu comme si elle eût tricoté des yeux. Elle tricotait des images qui, un jour, formeraient peut-être un tout parfaitement ordonné.

— Nous nous tenions serrées l'une contre l'autre... dit-elle.

— Les hommes étaient loin derrière vous ?

— Tout près... Le bruit du vent était si fort que nous les entendions à peine quand ils nous hélaient...

— Vous n'avez pas eu de difficultés à trouver la maison ?

— Au fond, je ne savais pas exactement où j'étais... Je crois que je suis venue ici d'instinct...

— En vous retournant, vous ne pouviez pas voir la lumière ?

— Au début, un peu... Elle a vite pâli, puis elle a disparu...

— Combien de temps après vous votre mari est-il arrivé ?

Elle me regarda comme pour me demander mon avis. Elle n'était pas troublée. Elle ne paraissait pas non plus trouver que ces questions étaient assez bizarres en la circonstance.

— Peut-être une minute ? J'ai voulu faire de la lumière et j'ai constaté que le courant était coupé. J'ai demandé à Mona si elle avait des allumettes. Je me suis dirigée vers la salle à manger pour allumer une bougie d'un des candélabres et Donald est entré...

Quelles notes pouvait prendre le lieutenant et à quoi lui serviraient-elles ? C'était à moi, maintenant, qu'il s'adressait.

— Vous avez trouvé facilement la maison ?

— Je m'y suis littéralement heurté alors que je m'en croyais encore à une certaine distance. Je me demandais si je ne m'étais pas égaré...

— Et votre ami ?

— Je le supposais à mes côtés... Je veux dire à quelques mètres... De temps en temps, je faisais « Ha ! Ha !... »...

— Il répondait ?

— Plusieurs fois, j'ai cru l'entendre, mais le vacarme était tel...

— Ensuite ?

— Quand j'ai vu que Ray n'arrivait pas...

— Combien de temps avez-vous attendu ?

— Environ cinq minutes ?

— Vous aviez une autre torche électrique dans la maison ?

— Dans notre chambre, oui... comme on ne s'en sert à peu près jamais, on ne vérifie pas les piles et celles-ci aussi étaient usées...

— Vous êtes parti seul ?

— Ma femme et Mona étaient épuisées...

— Et vous ?

— Moi aussi...

— Comment vous êtes-vous dirigé ?

— Comme j'ai pu. Mon idée était de tourner en rond, de décrire des cercles de plus en plus grands...

— Vous n'aviez pas peur de glisser au bas du rocher ?

— Je me croyais capable de l'éviter... Quand on habite un endroit depuis quinze ans... Plusieurs fois, je suis tombé sur les genoux...

— Vous êtes allé jusqu'à votre voiture ?

Je regardais les deux femmes. Je ne me souvenais plus de ce que je leur avais dit à ce sujet. J'avais comme un blanc. Je jouai le tout pour le tout.

— Je l'ai atteinte par hasard...

— Bien entendu, elle était vide.
— Oui. Je m'y suis reposé un instant, à l'abri...
— Et la grange ?... Vous vous êtes assuré qu'il n'était pas dans la grange ?

J'eus peur, pour la première fois depuis le commencement de cet interrogatoire inattendu. On aurait pu croire qu'Olsen savait quelque chose, quelque chose que je ne savais pas moi-même, et qu'il me tendait des pièges, l'air innocent, tout en griffonnant dans son carnet.

— Je l'ai trouvée à cause du bruit de la porte qui battait... J'ai crié le nom de Ray et je n'ai rien entendu...
— Vous êtes entré ?
— J'ai dû faire deux ou trois pas...
— Je comprends...

Il referma enfin son calepin et se leva, très militaire.

— Je vous remercie tous les trois et m'excuse de vous avoir dérangés. Les travaux vont continuer toute la nuit si les conditions atmosphériques le permettent...

Et, à Mona :

— Je suppose, madame, que vous restez ici ?
— Mais... bien sûr...

Où serait-elle allée, pendant qu'on recherchait le corps de son mari dans des montagnes de neige ?

Nous avons dîné. Je me souviens qu'Isabel a réchauffé des spaghetti en boîte avec des boulettes de viande.

Quel jour étions-nous ? Lundi. Je n'avais rien fait de toute la journée que traîner. Je n'étais pas allé au bureau, cela aurait été impossible, et pourtant j'en ressentais un sentiment de culpabilité.

Le matin, c'était moi, d'habitude, qui allais prendre le courrier dans le casier postal. Mes journées se déroulaient suivant une routine bien définie à laquelle je m'étais attaché. Il y avait une heure pour chaque chose, presque pour chaque geste.

Je *sentais* toujours la présence de Mona et je me demandais si cela se passerait. Pas ici, probablement...

Et pourquoi pas ? Elle venait de perdre son mari dont les hommes noirs et leurs machines, dehors, recherchaient le corps.

— Ray était un chic type...

Depuis le samedi soir, nous vivions tous les trois sur les nerfs, elle surtout. N'est-ce pas le moment où l'on éprouve le besoin de se jeter contre la poitrine de quelqu'un ?

Les hommes, à la guerre, se déchargent de leurs frayeurs par des explosions de sexualité.

Si nous nous trouvions seuls dans une pièce pour un temps assez long, avec l'assurance qu'Isabel ne viendrait pas nous déranger...

Il ne s'est rien passé. Nous sommes allés regarder la pelleteuse par la fenêtre et c'est à peine si j'ai trouvé le moyen de frôler le coude de Mona.

Nous nous sommes couchés, Mona toute seule, Isabel et moi dans notre chambre.

— Que penses-tu d'Olsen ?

La question me surprit, car elle indiquait le cours des pensées de ma femme. Or, moi aussi, je pensais à Olsen.

— C'est un homme très bien. Il passe pour connaître son métier.

Je m'attendais à ce que la conversation continue, mais Isabel en resta là, sans rien dévoiler d'autre de ce qu'elle avait dans la tête.

Ce n'est que plus tard, au moment où nous allions éteindre les lumières, qu'elle a murmuré :

— Je ne pense pas que Mona souffre beaucoup...

J'ai répondu évasivement :

— On ne peut pas savoir...

— Ils semblaient très attachés l'un à l'autre...

Le mot me frappa. Attachés ! L'expression est courante, je le sais, mais je suppose que les gens qui l'emploient ont fini par en oublier le sens. Des êtres, deux êtres « attachés l'un à l'autre »...

Pourquoi pas enchaînés ?

— Bonne nuit, Isabel.

— Bonne nuit, Donald.

Elle poussa un soupir, comme tous les soirs, qui marquait la fin de sa journée et le passage au repos de la nuit. Presque tout de suite après elle était endormie, alors qu'il m'arrivait de chercher le sommeil pendant plus d'une heure.

Mona était seule dans la chambre d'amis. À quoi pensait-elle ? Comment était-elle couchée ? J'entendais les bruits de ferraille des machines et j'imaginais les hommes qui passaient en quelque sorte la neige au crible.

Je me réveillai en sursaut au milieu de la nuit et, n'entendant plus rien, je me demandai s'ils avaient trouvé Ray. Pourquoi, dans ce cas, n'étaient-ils pas venus nous avertir ?

Je ne bougeais pas. Je me demande si, à travers son sommeil, Isabel n'a pas senti que j'étais éveillé et si elle ne s'est pas mise à écouter, elle aussi. Elle n'a pas remué mais sa respiration est devenue plus silencieuse. Tout était silencieux, sauf un moteur, très loin, du côté de la poste.

J'étais anxieux, sans raison. Cette paix subite m'apparaissait comme une menace et c'est avec soulagement que j'ai entendu la machine qui se remettait brusquement en marche.

Avait-elle eu une panne ? L'avait-on réglée ou graissée ? Ou simplement les hommes avaient-ils eu besoin de boire un coup ?

Je me suis rendormi et, quand j'ai ouvert les yeux, il faisait jour. L'odeur du café régnait déjà dans la maison, pas encore celle des œufs au bacon.

Je me suis levé. J'ai passé ma robe de chambre, me suis brossé les dents, donné un coup de peigne et, en pantoufles, j'ai gagné la cuisine qui était vide. Il n'y avait personne dans la salle à manger non plus, ni dans le living-room.

J'ai supposé qu'Isabel était chez Mona et j'ai regardé fonctionner la machine qui avait contourné le rocher et se trouvait maintenant au pied de celui-ci.

Une silhouette s'est dessinée du côté de la grange et c'est avec stupeur que j'ai reconnu ma femme. Elle avait endossé ma canadienne, chaussé ses bottes, et elle avançait comme elle pouvait dans la masse de neige.

M'a-t-elle entrevu derrière la vitre ? Le living-room n'était pas très clair et je n'avais pas allumé les lampes. Je ne sais pas pourquoi j'ai préféré ne pas être là quand elle rentrerait. Cette visite à la grange avait quelque chose de clandestin et se rapportait évidemment aux questions du lieutenant ou à mes réponses.

Je battis en retraite, regagnai notre chambre et fis couler l'eau de mon bain.

J'espérais, sans trop y croire, qu'Isabel viendrait me rejoindre, car j'avais hâte de reprendre contact avec elle, de voir s'il y avait quelque chose de changé dans son regard.

Elle avait entendu couler l'eau. Sans doute avait-elle entendu aussi Mona qui se levait car, quand j'arrivai dans la cuisine, les œufs au bacon pour nous trois étaient au feu, la table mise dans la salle à manger.

— Bonjour, Mona...

Aujourd'hui, elle portait une petite robe noire très collante, et peut-être parce qu'elle avait le visage fatigué, elle s'était maquillée davantage que les autres jours, surtout les yeux, ce qui lui donnait un regard différent.

— Bonjour, Donald.

J'embrassai la joue de ma femme.

— Bonjour, Isabel.

Elle ne me rendait pas mon baiser. C'était une tradition. Je ne sais pas quand ni comment cette tradition s'est établie. Cela me rappelait ma mère, qui ne m'embrassait jamais et qui me tendait machinalement la joue ou le front.

Je sus tout de suite qu'Isabel avait compris. Je savais aussi, dès la veille, dès l'interrogatoire par le lieutenant Olsen, quelle faute j'avais commise.

Pendant tout le temps que j'étais resté dans la grange, sur mon banc peint en rouge, j'avais fumé cigarette sur cigarette, les allumant l'une à l'autre, me contentant de laisser tomber les mégots sur la terre battue et de les éteindre du bout du pied. J'en avais fumé au moins dix.

C'est cela qu'Isabel était allée chercher dans la grange en profitant de mon sommeil : la preuve de mon passage, de mon long séjour à l'abri alors que j'étais censé passer tout ce temps à la recherche de Ray.

Elle savait. Or, il n'y avait rien d'accusateur dans ses yeux bleus, aucune dureté nouvelle. Seulement de l'étonnement, de la curiosité.

Elle ne me regardait pas non plus comme un étranger à cause de ce que j'avais fait, mais j'étais devenu quelqu'un d'autre, quelqu'un qu'elle avait longtemps connu sans deviner sa véritable personnalité.

Nous mangions en entendant les hommes travailler au pied du rocher. Mona, intriguée par la qualité de notre silence, nous regardait tour à tour et peut-être se demanda-t-elle si ma femme n'était pas jalouse.

Cela se traduisit par une petite phrase :

— J'ai honte de m'imposer si longtemps...

— Vous êtes folle, Mona... Vous savez bien que nous vous considérons, Ray et vous, comme de la famille...

J'ai mangé vite, mal à l'aise. En me levant, j'ai annoncé :

— Je vais voir si je peux rentrer la voiture...

Je mis mes bottes, ma canadienne, mon bonnet de fourrure. J'ai eu l'impression que Mona allait proposer de m'accompagner, pour changer d'air, mais elle n'osa pas.

Les hommes, en bas, travaillaient avec plus de précaution, car ils atteignaient l'endroit où ils avaient le plus de chance de trouver le corps.

Je suivis la tranchée dont le sol gelé était devenu glissant et me sentis libéré d'être dehors à l'air libre, de retrouver un décor, changé certes, mais malgré tout familier.

Ils avaient poussé ma voiture contre la paroi glacée et elle était encore couverte de neige. Je dus dégager le pare-brise. Je me demandais si le moteur se mettrait en marche. Il me semblait qu'un long temps s'était écoulé et que des perturbations capitales avaient dû se produire.

Or, la Chrysler ronronna tout de suite et, avec précaution, je la conduisis devant le garage. C'était un petit bâtiment en bois, peint en blanc, en face de la grange.

Je dus dégager un certain espace à la pelle pour ouvrir la porte et je vis à l'intérieur la Lincoln décapotable dans laquelle Ray et Mona étaient arrivés du Canada le samedi après-midi.

Quelques minutes plus tard, j'entrai dans la grange, dont la grande porte s'était abattue à l'extérieur. Il y avait une large bande de neige, mais elle n'atteignait pas les abords du banc. Je regardai le sol.

Les bouts de cigarette avaient disparu.

Quand je rentrai, je cherchai tout de suite son regard et elle ne détourna pas la tête, elle m'offrit ses yeux, tranquillement. Qu'est-ce que je pouvais y lire ?

— Voilà !... Je sais !... Je l'avais soupçonné... Quand tu as répondu à Olsen au sujet de la grange, j'ai compris... Je suis allée voir et j'ai fait en sorte que d'autres ne sachent pas...

Qu'ils ne sachent pas que j'étais un lâche ? Pensait-elle que c'était par lâcheté physique, parce que j'avais peur de me perdre dans le blizzard, que je m'étais réfugié dans la grange ?

Pourquoi, alors, n'y avait-il aucun mépris dans ses prunelles ? Aucune pitié non plus. Aucune colère. Rien.

Si ! De la curiosité.

Du bout des lèvres, elle disait :

— Tu n'as pas eu de mal avec la voiture ?

— Non...

— Tu ne passes pas au bureau ?

— Je vais téléphoner à Helen pour qu'elle aille chercher le courrier... Il ne doit pas y en avoir car les voitures postales n'ont probablement pas pu circuler...

Nous parlions à vide. Elle m'avait vu entrer dans la grange. Je ne pouvais donc pas ignorer qu'elle avait fait disparaître les mégots.

La vaisselle était déjà faite. Nous nous regardions, tous les trois, sans savoir où nous mettre ni à quoi nous occuper. Mona sentait plus que jamais qu'il se passait quelque chose et, gênée, elle annonça :

— Je vais faire ma chambre...

La femme de ménage n'était pas venue. Elle habitait au-delà de la colline et la route qui, à travers bois, conduisait au hameau ne devait pas être dégagée.

— En fin de compte, je vais jusqu'au bureau...

C'était intolérable d'être enfermés ainsi à attendre que les hommes découvrent le corps. J'ai sorti la voiture que je venais à peine de garer.

Une fois hors de la propriété, je trouvai la route plus dégagée, avec les traces de plusieurs voitures qui étaient déjà passées. La rue principale présentait un aspect presque normal, sauf pour la hauteur des tas de neige des deux côtés de la chaussée.

Les commerçants, pour la plupart, étaient occupés à manier la pelle, creusant un passage jusqu'à leur boutique. Le bureau de poste était ouvert et j'y entrai en saluant le guichetier du même geste que d'habitude, comme si rien ne s'était passé.

Dans notre boîte postale je ne trouvai que quelques lettres et une poignée de prospectus. Ensuite, je me dirigeai vers l'étude.

Ici non plus, rien n'avait changé. Higgins était dans son bureau et me regarda avec quelque surprise.

— Alors, on l'a enfin trouvé ?

Je fronçai les sourcils.

— Votre ami Sanders... Ils sont toujours à fouiller la neige ?...

Nous avions fait bâtir, cinq ans plus tôt, à l'emplacement des anciens bureaux, un coquet immeuble de briques roses, avec l'encadrement des fenêtres en pierre blanche. La porte était blanche. Tout autour s'étalait une pelouse bien entretenue qui n'était pas visible actuellement, bien entendu, mais qui, chaque année, surgissait au soleil dès le milieu ou la fin de mars.

Helen, notre secrétaire, tapait à la machine dans son bureau et elle ne s'arrêta pas de travailler pour me saluer.

Tout était calme, ordonné, mes ouvrages de droit à leur place dans les bibliothèques d'acajou. Les aiguilles de la pendule électrique avançaient sans bruit.

Je m'assis dans mon fauteuil, ouvris les enveloppes une à une.

— Helen...

— Oui, monsieur Dodd...

Elle avait vingt-cinq ans et elle était assez jolie. C'était la fille d'un de nos clients, un entrepreneur de maçonnerie, et elle s'était mariée six mois plus tôt.

Resterait-elle avec nous si elle avait un enfant ? Elle prétendait que oui. Je n'en étais pas si sûr et je prévoyais de devoir lui chercher une remplaçante.

Je dictai trois lettres sans importance.

— Les autres sont pour Higgins...

Est-ce qu'Isabel avait reçu un choc ? Notre vie allait-elle en être dérangée ? Je me le demandais sans savoir si je le souhaitais ou non. L'exaltation de la nuit dans la grange s'était calmée, mais il n'en restait pas moins quelque chose.

Ma femme avait raison de me regarder avec curiosité. Je n'étais plus le même homme. Higgins ne s'en était pas aperçu. Ma secrétaire non plus. Tôt ou tard, ils se rendraient compte de la transformation.

Je regardais l'heure comme si j'avais un rendez-vous. Et j'en avais un, en effet. Seulement, il n'était pas fixé dans le temps. J'avais hâte qu'on en finisse avec les recherches autour de Yellow Rock Farm, qu'on découvre le corps de Ray. J'avais hâte d'en être débarrassé.

Qu'allait-on en faire quand on le trouverait enfin ? Cela ne me regardait pas. C'était l'affaire de Mona. Elle était occupée à faire son lit, à arranger la chambre.

Il n'y avait pas de journaux. Le train de New York n'était pas arrivé. Beaucoup plus vite que je ne le pensais, Helen m'apporta mes trois lettres à signer.

— Je rentre chez moi... S'il y avait quelque chose, vous n'auriez qu'à me téléphoner...

Je passai par le bureau d'Higgins à qui je serrai la main.

Dehors, je me dis que ce ne serait pas une mauvaise idée d'acheter de la viande et j'entrai au supermarché.

— On a trouvé votre ami, monsieur Dodd ?

— Pas encore...

— Quand on pense que des choses pareilles arrivent à côte de nous sans même que nous nous en apercevions !... Vous avez des dégâts ?...

— Seulement la porte de la grange...

— Une maison a été soufflée, à Cresthill... C'est un miracle que personne n'ait été tué...

C'est à Cresthill qu'habitait notre femme de ménage.

J'avais beau parler, regarder autour de moi, faire les gestes de tous les jours, j'en étais toujours à me demander :

— Qu'est-ce qu'elle pense ?

Comme je la connaissais, elle ne m'en parlerait pas. La vie allait continuer comme d'habitude, avec ce secret entre nous. De temps à autre, je sentirais son regard posé sur moi, et sans doute contiendrait-il toujours le même étonnement.

En tournant à gauche pour m'engager dans notre chemin, je remarquai que les machines ne fonctionnaient plus et, quelques instants plus tard, je vis de loin les deux femmes qui sortaient de la maison, bottées, vêtues de canadiennes. Des hommes, en bas du rocher, entouraient une silhouette allongée.

On avait trouvé Ray. Je rentrai la voiture. J'étais calme. Je n'avais pas de remords. Je ressentais, au contraire, un immense soulagement.

Les femmes m'attendaient pour descendre la pente. Je leur donnai la main à toutes les deux, ce qui ne nous empêcha pas de glisser et les hommes des machines durent nous relever.

Ray avait l'air de sourire sous la fine poudre de neige qui recouvrait encore son visage et blanchissait ses cheveux. Sa jambe droite était tordue et un des hommes nous apprit qu'elle était cassée.

Je me demandais ce que Mona allait faire. Elle ne se précipita pas sur le corps. Peut-être en eut-elle un moment l'envie, car elle fit deux ou trois pas en avant. Puis elle s'arrêta, regarda en frissonnant. Ma femme était à sa droite, moi à sa gauche.

C'est vers moi qu'elle obliqua à peine, juste assez pour toucher mon épaule et mon flanc, comme si elle avait besoin de ma chaleur. Alors, en regardant Isabel, je lui passai le bras autour des épaules.

— Courage, Mona...

Le geste était naturel. Elle était la femme de mon meilleur ami. Les hommes, autour de nous, ne trouvèrent rien à y redire. Mona non plus qui, au contraire, eut tendance à se blottir davantage.

Il n'y eut que moi à croire nécessaire de lancer à Isabel un regard de défi.

Cela représentait une autre étape, comme si, par ce geste simple en apparence, je lui signifiais mon affranchissement.

Elle ne broncha pas, se tourna à nouveau vers le corps qu'elle contempla, les mains jointes, comme au cimetière on contemple le cercueil qui descend dans la fosse.

— Voulez-vous le transporter dans la maison ?

Le contremaître s'avança d'un pas.

— Le lieutenant a recommandé de ne rien faire avant son arrivée...

— Vous lui avez téléphoné ?

— Oui. J'avais des instructions.

Nous ne pouvions rester là dans le froid, les jambes enfoncées dans la neige, en attendant que le lieutenant arrive de Chanaan.

— Venez, Mona...

Je croyais qu'elle allait protester, mais elle se laissa emmener et nous dûmes gravir la pente en nous aidant les uns les autres. Je ne lui entourais plus les épaules de mon bras, mais je l'avais fait. C'était une victoire.

— Je suppose qu'il a glissé, dit-elle une fois en haut. Pauvre Ray...

Nous marchions tous les trois, trois silhouettes sombres dans le blanc du décor, et il me sembla que cela devait être grotesque. Les hommes, en bas, remettaient leur machine en marche pour la dégager et vraisemblablement pour aller travailler ailleurs.

— Tu veux préparer du café, Isabel ?

Nous la suivions dans la cuisine où elle mettait de l'eau à bouillir. Ce fut elle qui posa la question.

— Qu'est-ce que tu vas faire, Mona ?

— Je ne sais pas.

— Il a encore de la famille ?

— Un frère qui est attaché d'ambassade en Allemagne...
— Il ne t'a jamais rien dit ?
— Au sujet de quoi ?
— Des dispositions à prendre en cas de...
Calme, elle cherchait ses mots et les trouvait.
— ... en cas d'accident...
— Il ne parlait jamais de ça...
— C'est pour les dispositions à prendre, poursuivait Isabel qui se chargeait ainsi du plus vilain travail. Tu crois qu'il a laissé un testament ?
Au moment où Mona disait non, je disais non aussi et j'expliquais :
— Si Ray avait rédigé un testament, c'est avec moi qu'il l'aurait fait et c'est à moi qu'il l'aurait laissé...
— Penses-tu, Mona, qu'il aurait préféré être incinéré ?
— Je ne sais pas...
Chacun emporta sa tasse de café dans le livingroom et nous vîmes par la fenêtre l'auto de la police arriver, le lieutenant et un autre homme en uniforme descendre au bas du rocher.
Moins de dix minutes plus tard, le lieutenant, seul, se présentait à la porte et retirait sa casquette.
— Je vous présente mes condoléances, madame Sanders...
— Merci...
— C'est bien ce que vous aviez pensé, monsieur Dodd... Il a dévié vers le rocher et a glissé, se fracturant une jambe dans sa chute...
Est-ce que je lui avais dit cela ? Je ne m'en souvenais plus. Il me semblait que lui aussi me regardait autrement.

— Je vais faire transporter le corps aux Pompes Funèbres et vous n'aurez qu'à donner des instructions...

— Oui... murmura Mona, qui ne semblait pas comprendre ce qu'on attendait d'elle.

— Où comptez-vous le faire inhumer ?

— Je ne sais pas...

Je suggérai :

— À Pleasantville...

C'était le grand cimetière de New York.

— Sans doute...

— Il a de la famille ?

— Un frère, en Allemagne...

On recommençait. Des mots. Des lèvres qui remuaient. Mais, moi, je n'écoutais pas les mots. Je regardais les yeux. Je crois que j'ai toujours regardé les yeux. Ou plutôt que j'en ai toujours eu un peu peur.

Il y avait ceux d'Isabel. Ceux-là, je les connaissais. Je savais, depuis le matin, quel étonnement ils exprimaient.

Et pourtant c'était elle qui guettait le lieutenant. Elle avait remarqué que celui-ci me lançait de temps en temps un coup d'œil, comme si quelque chose le tracassait dans cette histoire.

Je suis persuadé que, si le lieutenant m'avait attaqué, elle serait venue à ma rescousse. On aurait dit qu'elle n'attendait que ce moment-là.

Quant à Mona, c'est vers moi qu'elle se tournait chaque fois qu'on lui posait une question, comme si j'étais devenu son soutien naturel. C'était si visible, il y avait une telle confiance, un tel abandon dans son attitude, qu'Olsen dut penser qu'il existait des liens intimes entre nous.

Est-ce pour cela qu'il était moins cordial à mon égard ? Un peu méprisant, me sembla-t-il.

— Je vous laisse faire le nécessaire. Pour nous, l'affaire est classée. Je regrette, madame Sanders, que ce drame se soit produit chez nous...

Il se levait, s'inclinait devant les deux femmes et finissait par me tendre la main. De bon cœur ? Je n'en suis pas si sûr.

Je flaire un mystère. Ou bien ses hommes ont découvert quelque chose d'anormal qui me met en posture délicate, ou bien Olsen, me croyant l'amant de la femme de mon meilleur ami, me méprise. Me soupçonnerait-il d'avoir profité de l'occasion pour pousser Ray au bas du rocher ?

Je n'avais pas encore pensé à ça. C'était tellement plausible, tellement facile ! Et pourquoi, d'abord, avais-je fait marcher les deux femmes en avant, alors que je tenais la seule lampe, si mauvaise soit-elle, dont nous disposions ?

Le rocher m'est plus familier qu'à quiconque, puisqu'il se trouve dans ma propriété, en face de mes fenêtres. Je pouvais tenir Ray par le bras, le faire dévier vers la droite, le pousser au bon moment...

Je fus effrayé en pensant qu'Olsen aurait pu découvrir les bouts de cigarette devant le banc de la grange. En aurait-il tiré les mêmes conclusions qu'Isabel ?

Quelles étaient au juste les conclusions d'Isabel ? Qu'est-ce qui me prouvait qu'elle ne pensait pas, justement, que j'avais poussé Ray ?

Dans ce cas, son silence devenait une sorte de complicité... La défense de son foyer, de nos deux enfants...

Elle me suivit des yeux quand j'ouvris le placard aux liqueurs.

— Un verre vous fera du bien, Mona... Tu en veux un aussi, Isabel ?...

— Non, merci...

J'allai chercher de la glace et des verres dans la cuisine. Je dis, en tendant le sien à Mona :

— Courage, ma petite Mona...

Comme si j'en prenais possession. Cette fois, elle le remarqua et eut un léger moment de surprise. Je ne l'avais jamais appelée « ma petite Mona ».

— Je vais téléphoner aux Pompes Funèbres, annonça Isabel en se dirigeant vers la bibliothèque où se trouvait un de nos deux appareils.

Était-ce pour nous laisser seuls ?

Mona, après avoir bu une gorgée, se tournait vers moi, un sourire un peu triste aux lèvres.

— Vous êtes gentil, Donald...

Puis, après un regard dans la direction qu'Isabel venait de prendre, elle faillit ajouter quelque chose, décida enfin de se taire.

4

L'enterrement a eu lieu le jeudi matin et ne s'est pas déroulé comme je l'avais prévu quand nous étions encore isolés tous les trois dans notre maison.

Il doit en être des catastrophes comme des maladies. On s'imagine que ce sera long à guérir, que la vie ne sera plus la même, puis on s'aperçoit que la routine quotidienne reprend ses droits.

Il y avait plus de vingt voitures, à dix heures, devant le salon funéraire de Fred Dowling, à cent mètres à peine de mon étude, et deux d'entre elles avaient amené des journalistes et des photographes de New York.

Il en était venu, la veille, à la maison. Ils avaient insisté pour que Mona pose à l'endroit où l'on avait retrouvé le corps de Ray.

Bob Sanders était arrivé la veille de Bonn. Isabel lui avait proposé de passer la nuit dans la chambre d'une des filles, mais il avait déjà retenu sa chambre à l'*Hôtel Turley*.

Il était plus grand, plus maigre, plus nonchalant que Ray. Il y avait encore plus d'aisance dans ses attitudes que dans celles de son frère et je n'aimais pas la suffisance de son sourire.

Je l'avais rencontré plusieurs fois lorsque nous étions étudiants mais il était beaucoup plus jeune que nous et je ne lui avais guère prêté attention.

Il ne s'est pas montré fort empressé vis-à-vis de Mona.

— Comment cela s'est-il passé ? Il avait bu ?

— Pas plus que d'habitude...

— Il s'était mis à boire beaucoup ?

Ray était son aîné de cinq ans et il en parlait un peu comme un juge qui va rendre un verdict.

— Non... Deux ou trois martinis avant les repas...

Il était né près de New Haven et il connaissait notre climat. Il avait dû subir des blizzards, plus faibles que celui du dernier samedi, mais n'en perturbant pas moins toute activité.

— Comment cela se fait-il qu'on ne l'ait pas retrouvé plus vite ?

— À certains endroits, il y avait plus de deux mètres de neige...

— Quelles dispositions avez-vous prises ?

Il ne m'aimait pas non plus. Il me regardait de temps en temps en fronçant les sourcils, trouvant peut-être que j'avais été bien empressé à prendre Mona sous ma protection.

Car je le faisais, ouvertement, exprès. Je me tenais près d'elle. C'est moi qui répondais à la plupart des questions et je sentais que cela exaspérait Bob Sanders.

— Qui avez-vous averti ?

— Ses associés, bien entendu...

— C'est vous qui avez alerté les journaux ?

— Non... Cela doit être quelqu'un du village, peut-être un des policiers... Un scotch ?

— Merci... Je ne bois pas...

Il avait loué une voiture sans chauffeur à l'aéroport. Il était marié. Sa femme et ses trois enfants vivaient à Bonn avec lui. Il était venu seul. Je crois bien qu'il n'avait pas vu Ray depuis plusieurs années.

Les frères Miller, eux, ne se donnèrent pas la peine de passer par la maison. Ce n'est que dans le salon mortuaire qu'ils s'avancèrent vers Mona pour lui présenter leurs condoléances.

J'en connaissais un, Samuel, pour avoir déjeuné une fois avec lui et Ray à New York, un homme d'une soixantaine d'années, chauve et jovial.

Il s'approcha de moi pour me demander à voix basse :

— Vous savez qui s'occupe de la succession ?
— Cela regarde Mona...
— Elle ne vous en a pas parlé ?
— Pas encore...

Il alla parler au frère aussi, à qui il dut poser la même question, car Bob Sanders hocha la tête.

Mona conduisait sa voiture car, de Pleasantville, elle rentrerait directement à New York. J'avais proposé qu'Isabel prenne le volant, mais elle avait refusé, acceptant cependant sa compagnie.

Derrière les deux femmes venaient la voiture du frère, puis la mienne, puis la limousine conduite par le chauffeur des frères Miller, qui avaient l'air de jumeaux.

D'autres personnes de Madison Avenue suivaient, y compris la secrétaire de Ray, une grande rousse sculpturale qui paraissait plus affectée que Mona.

Beaucoup de gens que je ne connaissais pas. On n'avait pas envoyé de faire-part, mais l'heure et l'endroit des obsèques avaient été annoncés dans les journaux.

Il subsistait des collines de neige des deux côtés de la route qui m'était familière et, alors que nous n'avions parcouru que quelques kilomètres, le soleil se mit à briller.

Mona m'avait fait une curieuse confidence, la veille, tandis que nous étions seuls dans le living-room pendant qu'Isabel était allée faire quelques courses.

— Il n'y a qu'à vous que je peux en parler, Donald... Je me demande si Ray ne l'a pas fait exprès...

Elle n'aurait rien pu trouver qui me surprenne autant.

— Vous voulez dire qu'il se serait suicidé ?

— Je n'aime pas ce mot-là... Il aurait pu aider le sort...

— Il avait des ennuis ?

— Pas dans ses affaires... Dans ce domaine, il réussissait au-delà de ce qu'il avait espéré...

— Dans sa vie sentimentale ?

— Non plus... Nous étions de bons copains, tous les deux... Il me racontait tout... Ou à peu près tout... Nous ne paradions pas l'un devant l'autre...

Cette phrase-là me frappa. Ainsi, il existait des gens qui pouvaient être naturels, face à face ? Était-ce cela qu'Isabel cherchait depuis tant d'années dans mon regard ? que je me livre ? que je lui avoue une bonne fois ce que j'avais sur le cœur ?

— Des aventures, il en avait beaucoup... À commencer par sa secrétaire, cette grande rousse d'Hilda...

C'était celle qui suivait dans une des voitures.

— C'est difficile à expliquer, Donald... Je me demande s'il ne vous enviait pas...
— Moi ?
— Vous avez fait les mêmes études... Il aurait pu devenir juriste... C'était son ambition quand il a débuté à New York... Puis il est entré comme avocat-conseil dans cette affaire de publicité... Il a commencé à gagner de l'argent et a compris qu'il en gagnerait davantage en vendant des contrats...

» Vous voyez ce que je veux dire ?... Il est devenu un homme d'affaires... Nous avons loué un des plus beaux appartements de Sutton Place et nous y recevions ou nous sortions tous les soirs...

» À la fin, il était écœuré...
— Il vous l'a dit ?
— Un soir qu'il avait bu, il m'a avoué qu'un jour ou l'autre il en aurait assez de faire le pantin... Vous savez comment son père a fini...

Je le savais, bien sûr. J'avais fort bien connu Herbert Sanders, chez qui je passais souvent le week-end quand j'étais à Yale.

Le père de Ray était libraire, un libraire d'une sorte assez particulière. Il n'avait pas de boutique en ville. Il habitait une maison du plus pur style Nouvelle-Angleterre sur la route d'Ansonia et les pièces du rez-de-chaussée avaient les murs entièrement couverts de livres.

On venait le voir non seulement de New Haven, mais de Boston, de New York, de plus loin encore, et il recevait en outre de nombreuses commandes par correspondance.

De la correspondance, il en entretenait avec la plupart des pays du monde, se tenant au courant de tout ce qui s'écrivait dans le domaine de la paléontologie, de l'archéologie et des arts, surtout des arts préhistoriques.

Il avait deux autres manies : les ouvrages sur Venise et les livres de gastronomie, dont il se vantait d'avoir en rayons plus de cent soixante titres.

Un curieux homme, que je revoyais encore, jeune, racé, le sourire à la fois bienveillant et ironique.

Sa première femme, la mère de Ray et de Bob, l'avait quitté pour épouser un grand propriétaire du Texas. Il avait vécu seul pendant plusieurs années, acquérant la réputation d'un coureur de jupons.

Puis, tout à coup, il avait épousé une Polonaise que personne ne connaissait, une femme resplendissante de vingt-huit ans.

Il en avait cinquante-cinq. Trois mois après son mariage, un soir que sa femme était sortie, il s'était tiré une balle dans la tête, au milieu de ses livres, ne laissant aucune lettre, aucune explication.

Mona répétait :

— Vous comprenez maintenant ce que je veux dire ?

Cette vérité-là, je la refusais. Ray devait rester l'homme que j'avais imaginé, dur avec lui-même et avec les autres, ambitieux et froid, l'homme fort sur qui je m'étais vengé de tous les hommes forts de la terre.

Je ne voulais pas d'un Ray dégoûté de l'argent, du succès.

— Vous devez vous tromper, Mona... Je suis persuadé que Ray était heureux... Quand on a bu quelques verres, vous savez, on a tendance à devenir romantique...

Elle m'observait en se demandant si elle devait me croire ou non.

— Il commençait à en avoir assez… insistait-elle. C'est pourquoi il buvait toujours plus… Je me suis mise à boire avec lui…

Elle ajouta, hésitante :

— Ici, je n'osais pas, à cause d'Isabel…

Elle se mordit la lèvre, comme si elle craignait de m'avoir blessé.

— Isabel vous impressionne ?

— Pas vous ? Ray aussi était impressionné par elle. Il vous admirait…

— Il m'admirait, moi ?

— Il disait que vous aviez choisi votre vie en connaissance de cause, sagement, que vous n'aviez pas besoin de vous étourdir, de sortir chaque soir, de vous laisser entraîner dans des aventures…

— Il ne se moquait pas de moi ?

J'étais abasourdi. Le renversement était complet.

— D'après lui, un homme capable d'épouser Isabel, de vivre jour après jour avec elle…

— Pourquoi ? Il vous a dit pourquoi ?

— Vous ne comprenez pas ?

Elle s'étonnait de ma candeur et je comprenais tout à coup l'attitude de Mona à mon égard au cours des derniers jours. Pour elle, l'homme fort, ce n'était pas Ray, c'était moi.

Et, tout naturellement, c'était ma protection qu'elle avait cherchée. Quand elle me regardait, du fond de son fauteuil, quand elle me frôlait de son épaule, ce n'était pas seulement un geste animal.

— Je vous ai souvent observés tous les deux, Donald… Avec Isabel, on ne peut pas tricher… On ne peut pas non plus descendre au-dessous de soi-même, fût-ce pour un instant... C'est une femme extraordinaire et il faut être aussi extraordinaire pour vivre à ses côtés...

Cela m'a tellement dérouté que j'ai mis plus de deux heures à m'endormir.

— Ray, lui, avait des hauts et des bas, comme tout le monde... Vous n'allez pas me laisser tomber, dites, maintenant qu'il n'est plus là ?...

— Mais, Mona, je ne demande, au contraire...

J'ai failli me lever, me précipiter vers elle, la prendre dans mes bras. J'étais troublé, exalté, en dehors de moi-même.

— Chut... La voilà...

On apercevait dans la neige la petite Volkswagen que j'avais achetée à ma femme pour faire les courses dans les environs. Je regardais, de loin, Isabel sortir du garage, son filet à provisions à la main, le visage uni, la peau claire, toujours un peu rose aux pommettes, et les yeux bleus, ces yeux qui n'admettaient ni la tricherie, ni le mensonge.

J'allais devoir tout remettre en question. Ray m'avait admiré. C'était la nouvelle la plus renversante.

Mona m'admirait aussi, elle venait de l'avouer à sa manière. Et moi, pauvre idiot, qui, la première nuit, n'avait pas osé avancer la main sur le parquet pour toucher cette main qui me tentait si fort !

Ce que Mona ignorait, quand elle parlait de mes relations avec Isabel, c'est que j'étais délivré. J'avais admiré ma femme, moi aussi. J'en ai même eu peur, peur d'un froncement de sourcils, d'une ombre passant dans ses prunelles limpides, d'un jugement inexprimé.

Car elle ne m'a jamais rien dit de déplaisant. Elle ne m'a jamais adressé un reproche.

Il a dû m'arriver d'être désagréable, injuste, ridicule, que sais-je, vis-à-vis d'elle ou vis-à-vis de nos enfants.

Pas un mot. Son sourire ne s'effaçait pas. Il n'y avait que ses yeux. Et personne n'y aurait rien vu. Ses yeux restaient aussi limpides, aussi sereins.

Qu'est-ce que Mona aurait pensé si j'avais confessé :

— Ce n'est pas une femme que j'ai épousée, c'est un juge…

N'est-ce pas ce que Ray avait senti, et Ray ne me plaignait-il pas plus qu'il ne m'admirait ? À moins qu'il ne se soit trompé du tout au tout.

Il a cru que je m'étais uni à Isabel parce que j'étais un fort, capable d'accepter la confrontation.

C'était le contraire. Avec elle, je continuais à vivre dans les jupons de ma mère. J'allais toujours à l'école. Je restais un boy-scout.

Tant pis pour Ray. Je ne regrettais rien, sinon qu'il me frustrait un peu de ma culpabilité. Je voulais l'avoir tué, avoir souhaité sa mort, avoir aidé le destin dans la mesure de mes moyens.

Si Ray ne s'était même pas débattu, s'il avait accepté la mort avec soulagement, le drame que j'avais vécu la nuit sur mon banc, dans la grange, ne rimait plus à rien.

J'avais besoin que ma révolte reste totale, volontaire.

Je n'étais pas un mouton, comme les gens le croyaient. J'étais cruel, cynique, capable de laisser mourir mon meilleur ami sans lui tendre la main.

Et tandis qu'il agonisait doucement dans la neige, une jambe tordue, je fumais des cigarettes en pensant à toutes les fois qu'il m'avait humilié à son insu... Et il n'y avait pas que lui !... Il y avait Isabel aussi... Les deux images se confondaient un peu dans mon esprit...

Le cortège dut ralentir deux ou trois fois. Je cherchais à voir, au-delà des voitures qui nous séparaient, celle de Mona.

Est-ce que j'étais amoureux de Mona ? À présent, j'étais capable de me poser des questions franchement, sans me mentir, sans tricher.

La réponse était non. Pas amoureux. Si j'en avais la possibilité demain, je ne l'épouserais pas. Je n'avais pas envie de vivre avec elle jour et nuit non plus, de lier ma vie à la sienne.

Ce que je voulais, ce qui arriverait bientôt, c'était faire l'amour avec elle.

Pas tendrement. Pas passionnément. Qui sait ? Peut-être debout, comme Ray et Patricia chez le vieil Ashbridge.

Je voulais prendre une femelle, comme ça, en passant, et, à mes yeux, Mona était une vraie femelle.

Nous sommes arrivés au cimetière. Les voitures ont suivi un certain nombre d'allées dans cette métropole pour morts, et nous avons abouti à un quartier neuf, sur la colline.

Il y avait de la neige partout. Les arbres ressemblaient à des sapins de Noël. Comme personne ne portait de bottes, on battait la semelle pendant le transport du cercueil.

Le pasteur fut bref. Il n'y eut pas d'autres discours. Les frères Miller se faufilaient au premier rang, à cause des photographes, et, m'approchant de Mona, je lui soutins légèrement le coude.

Bob Sanders s'en aperçut. Il avait une tête de plus que moi et c'est de haut qu'il me regarda, avec ce qui me parut être un mépris hautain.

Quelques jours plus tôt, j'en aurais été honteux, atterré. Aujourd'hui, cela m'était indifférent. Indifférent aussi que ma femme m'observe avec une certaine surprise car l'audace de mon geste devait la surprendre.

On se dirigeait vers les voitures. Je marchais à côté de Mona dont je soutenais toujours le bras comme si elle en avait besoin, alors qu'elle était parfaitement calme. Bob Sanders fit de grands pas pour la rattraper, ne s'occupa pas de ma présence.

— Je suis obligé de prendre congé, car mon avion part dans moins de deux heures... Si vous avez besoin de quoi que ce soit, s'il y a des formalités à accomplir, voici mon adresse à Bonn...

Il lui tendit une carte qu'il avait préparée et qu'elle glissa dans son sac.

— Bon courage...

Il lui serra la main presque militairement et partit en avant. Sa voiture fut la première à quitter le cimetière.

— On dirait qu'il ne vous aime pas...

Il avait évité de me saluer.

— Non... Je suppose qu'il s'imagine des choses...

Isabel arrivait à notre hauteur.

— Vous allez rentrer seule à New York, Mona ?
— Pourquoi pas ?
— Cela ne sera pas trop pénible de vous trouver dans un appartement vide ?

— La femme de chambre, Janet, m'attend...

Isabel me regarda. On aurait dit qu'elle m'avait tendu la perche. J'aurais pu proposer d'accompagner Mona et de rentrer le soir par le train.

Je ne l'invitai même pas à manger un morceau avec nous. Par contre, au moment où elle allait monter dans sa Lincoln, je l'embrassai sur les deux joues, en lui serrant assez fortement les bras.

— Au revoir, Mona...

— Au revoir, Donald... Merci... Je suppose que je vais avoir besoin de vous pour les formalités, les questions de succession, que sais-je ?...

— Vous n'aurez qu'à me téléphoner à mon bureau...

— Au revoir, Isabel... Merci à vous aussi... Sans vous, je me demande ce que je serais devenue...

Elles s'embrassaient toutes les deux. Un des frères Miller me rejoignit dès que l'auto de Mona s'éloigna.

— Vous êtes son avocat ?

— Je le suppose...

— Il y aura des questions compliquées à régler... Voulez-vous me donner votre numéro de téléphone ?...

Je lui remis une de mes cartes.

Nous nous sommes retrouvés seuls dans la Chrysler, Isabel et moi.

— Tu as l'intention de déjeuner en route ?

— Non. Je n'ai pas faim.

— Moi non plus.

J'étais au volant, elle à côté de moi, comme d'habitude, et dans le coin droit de mon champ de vision j'avais son profil perdu.

Nous avons roulé un bon quart d'heure en silence, puis Isabel a prononcé :

— Que penses-tu de la façon dont cela s'est passé ?

— L'enterrement ?

— Oui... Je ne sais pas ce qui m'a gênée... On aurait dit que cela manquait de cohésion, d'ordonnance... Je n'ai ressenti aucune émotion... Je crois que personne n'a été ému, pas même Mona... il est vrai qu'elle ne se rend pas encore compte...

Je ne dis rien, allumai une cigarette.

— Le plus dur moment, ce sera en rentrant chez elle...

Je me taisais toujours. C'était elle, à présent, qui éprouvait le besoin de rompre le silence.

— Je me suis demandé si tu ne ferais pas mieux de l'accompagner...

— Elle s'en tirera fort bien toute seule.

— Tu vas t'occuper de la succession ?

— Elle m'en a prié. Les Miller, eux aussi, veulent prendre contact avec moi...

— Tu crois qu'elle aura de quoi vivre ?

— Largement, j'en suis persuadé...

J'étais fort ? J'étais faible ? J'étais malin ? J'étais naïf ? J'étais cruel ? J'étais lâche ? C'étaient eux qui essayaient de savoir. Même Isabel qui ne comprenait plus et qui devait se demander pourquoi, après l'histoire des bouts de cigarette, je ne me montrais pas plus humble, sinon effrayé.

À la maison, nous nous sommes contentés de manger un sandwich dans la cuisine. Il était trois heures.

— Tu sors ? ai-je demandé.

— J'irai tout à l'heure faire mon marché...

Cela me faisait un drôle d'effet, pour ma part, de nous retrouver seuls dans la maison. En si peu de jours, j'en avais perdu l'habitude et je me demandais comment nous nous comportions en tête à tête.

Je suis allé au bureau. Higgins m'attendait.

— J'espère que vous avez décroché la succession Sanders ?

— J'aiderai certainement Mona Sanders de mes conseils, mais à titre privé et sans honoraires.

Higgins fit la grimace.

— Dommage... Cela doit faire un gros morceau...

— Je n'en ai aucune idée... D'autre part, il est possible que les frères Miller s'adressent à moi pour liquider l'association et ce sera différent...

— Tout s'est bien passé ?

— Comme cela se passe d'ordinaire...

J'aurais été bien incapable de raconter ce qui s'était passé au cimetière, pour la bonne raison que j'étais distrait par mes pensées, préoccupé seulement de Mona.

Une fois dans mon bureau, je faillis décrocher le téléphone et l'appeler pour lui demander si elle était bien rentrée, surtout pour entendre sa voix.

Pourtant, encore une fois, je n'étais pas amoureux. Je sais que c'est difficile à comprendre, mais j'arriverai peut-être à m'expliquer.

J'ai travaillé pendant deux bonnes heures, à une succession, justement. Le *de cujus* avait si bien pris ses précautions pour échapper au fisc qu'il était presque impossible d'établir une évaluation de ses biens et d'en faire la répartition entre les héritiers. J'étudiais le dossier depuis plusieurs semaines.

Je dictai plusieurs lettres à Helen en me demandant pourquoi, avant son mariage, je n'avais pas eu l'idée de lui faire la cour. Je regardais les jolies filles, certes, y compris les femmes de certains de mes amis. Il m'arrivait d'en avoir envie. Mais cela restait pour ainsi dire théorique.

C'était défendu. Par quoi ? Par qui ? Je ne me posais pas la question.

J'étais marié. Il y avait Isabel et ses yeux d'un bleu si limpide, sa démarche si calme et si aisée.

Isabel et nos filles. J'aimais bien nos deux filles, Mildred et Cécilia, et quand Mildred, la première, nous avait quittés pour entrer en pension, cela m'avait manqué, le soir, d'aller l'embrasser dans son lit.

Maintenant, sauf pendant deux week-ends par mois, je n'avais plus l'occasion de monter au premier étage. Mildred avait quinze ans.

Si elle se mariait jeune, dans trois ou quatre ans, cinq ans au maximum, ce serait une première chambre qui resterait vide dans la maison.

Le tour de Cécilia viendrait ensuite, car le temps passait de plus en plus vite. Par exemple, les cinq dernières années me paraissaient plus courtes qu'une seule de mes années entre dix et vingt ans.

Est-ce parce qu'elles étaient moins remplies ?

Je dictais. Je pensais. Je regardais Helen en me demandant si elle était déjà enceinte et, dans ce cas, qui nous trouverions pour la remplacer. Ray couchait avec sa secrétaire. Il couchait avec toutes les femmes qui lui tombaient sous la main.

Or, c'était lui que Mona plaignait. Il était écœuré de ne pas trouver dans la vie ce qu'il avait espéré.

Alors, il buvait et courait les femmes... Pauvre Ray !...

Est-ce qu'Helen se rendait compte que c'était un homme nouveau qu'elle avait devant elle ? Et Higgins ? Est-ce que tous ceux que j'allais rencontrer sauraient qu'ils avaient en face d'eux un autre Donald Dodd ?

Mes gestes, mes attitudes, n'avaient pas changé. Ma voix non plus, bien sûr. Mais mon regard ? Était-il possible que mon regard soit resté le même ?

J'allai me planter devant le miroir du lavabo. Mes yeux sont bleus aussi, d'un bleu plus foncé que ceux d'Isabel, avec des reflets bruns, tandis que les siens sont vraiment de la couleur d'un ciel de printemps quand il n'y a aucune humidité dans l'air.

Je me moquai de moi.

— Te voilà bien avancé... Que vas-tu faire, à présent ?

Rien, continuer. Coucher avec Mona, certainement, sans que cela tire à conséquence.

Samedi matin, ou vendredi soir, nous irions chercher les filles à Litchfield, Isabel ou moi, ou tous les deux. Nous formerions, dans la voiture, l'image d'une famille unie.

Seulement, moi, je ne croyais plus à la famille. Je ne croyais plus à rien. Ni en moi, ni dans les autres. Au fond, je ne croyais plus en l'homme et je commençais à comprendre pourquoi le père de Ray s'était tiré une balle dans la tête.

Qui sait si cela ne m'arriverait pas un jour ? C'était réconfortant d'avoir un revolver dans le tiroir de la table de nuit.

Le jour où j'en aurais assez de me débattre dans le vide, un geste et c'était fini.

Isabel se débrouillerait fort bien avec les filles et elles toucheraient une assurance assez importante...

Personne ne lisait ces pensées-là sur mon visage. On s'habitue si bien aux gens qu'on continue à les voir comme on les a vus la première fois.

Est-ce que je me rendais compte, moi, qu'Isabel avait passé la quarantaine et que ses cheveux commençaient à grisonner ? Il me fallait un effort pour me convaincre que nous avions tous les deux passé le cap du milieu de la vie et que nous allions rapidement devenir des vieillards.

Pour mes filles, n'étais-je pas déjà un vieillard ? L'idée leur serait-elle venue que j'avais envie de faire l'amour avec une femme comme Mona ? Je parie qu'elles se disaient que nous ne faisions plus l'amour, leur mère et moi, et que c'est pourquoi elles n'avaient pas une ribambelle de frères et sœurs.

Je suis rentré et j'ai trouvé Isabel en train de cuisiner. Elle avait la tête penchée et je lui ai effleuré la joue du bout des lèvres, comme d'habitude, puis je suis allé troquer mon veston contre une vieille veste d'intérieur, en tweed moelleux, avec des coudes doublés de cuir.

J'ai ouvert le placard aux liqueurs et j'ai crié :

— Tu en prends un ?

Elle savait ce que cela voulait dire.

— Non, merci... Ou alors, très léger...

Je lui préparai un scotch léger et je m'en versai un beaucoup plus fort.

Elle me rejoignit dans le living-room. Elle portait la robe d'intérieur à fleurs qu'elle avait adoptée pour s'occuper du ménage.

— Je ne me suis pas encore changée…

Je lui tendis son verre.

— À ta santé…

— À la tienne, Donald…

Il me sembla que sa voix avait une gravité particulière, qu'elle contenait comme un message.

Je préférai ne pas regarder ses yeux, par crainte d'y lire une autre expression qu'à l'ordinaire. Je m'assis dans mon fauteuil de la bibliothèque tandis qu'elle retournait à son travail.

Qu'avait-elle pensé en trouvant les bouts de cigarette ? Quand elle était allée dans la grange, ne savait-elle pas qu'elle les trouverait, qu'elle y trouverait en tout cas ma trace ?

Qu'est-ce qui l'avait fait soupçonner qu'en sortant de la maison pour aller à la recherche de Ray je n'avais pas l'intention de foncer dans le blizzard ?

Elle ne m'avait pas vu changer de chemin, la nuit était trop noire. Elle n'aurait pas pu m'entendre crier à cause du vacarme.

Moi-même, au moment précis où je sortais, je n'étais pas sûr. Ce n'est qu'après quelques pas que j'avais obliqué.

Savait-elle que j'avais été lâche ? Car c'était cela, à l'origine. Une lâcheté physique insurmontable. J'étais au bout de mes forces et il fallait coûte que coûte que j'échappe à la tourmente.

Pouvait-elle l'avoir deviné ? Ce n'était que sur le banc que j'avais compris que j'étais heureux de la disparition de Ray, de sa mort probable si un miracle ne lui faisait pas retrouver son chemin.

Avait-elle compris aussi ? Et, dans ce cas, quels étaient ses sentiments à mon égard ? Le mépris ? La pitié ? Je n'avais rien lu de tel dans ses yeux. Rien que de la curiosité.

Une autre idée me vint, plus extravagante. Elle avait passé par l'esprit d'Olsen, ce qui expliquait certaines de ses questions, mais Olsen me connaissait peu et il avait la tournure d'esprit d'un policier.

Le lieutenant nous avait regardés tour à tour, Mona et moi, en se demandant s'il existait des liens entre nous. De cela, je suis certain. Je parierais qu'il s'est renseigné discrètement. Or, pendant la soirée chez les Ashbridge, le hasard a voulu que je ne sois presque jamais à proximité de Mona.

Isabel s'imagine-t-elle que Mona et moi avons des rendez-vous clandestins ?

Je vais à New York en moyenne une fois par semaine et j'y passe la journée. Il m'arrive d'y passer la nuit. Ray était souvent en voyage, car son agence a des bureaux à Los Angeles et à Las Vegas.

En me voyant rentrer seul à la maison, ma femme a-t-elle eu, ne fût-ce qu'un instant, l'idée que j'avais profité de cette nuit de cauchemar pour me débarrasser de Ray ?

Maintenant que j'y pense froidement, cela ne me paraît pas impossible. Je crois vraiment que, si elle apprenait que j'ai tué un homme, elle ne réagirait pas davantage, qu'elle continuerait à vivre à mes côtés en me regardant comme elle le fait, curieusement, avec l'espoir de comprendre.

Nous avons mangé en tête à tête dans la salle à manger et les deux candélabres d'argent étaient comme d'habitude sur la table, chacun avec ses deux bougies rouges. C'était une tradition chez elle. Son père, le chirurgien, aimait assez l'apparat.

Chez moi, au-dessus de l'imprimerie et des bureaux du *Citizen*, on vivait beaucoup plus simplement.

Au fait, mon père ne m'avait pas téléphoné pour me demander des renseignements sur l'accident de Ray. Pourtant, il publiait toujours son journal hebdomadaire, à Torrington, un des plus anciens de la Nouvelle-Angleterre, qui comptait plus de cent ans d'existence.

Il vivait seul, depuis la mort de ma mère. Il avait repris des habitudes de célibataire et, quand il ne mangeait pas au restaurant d'en face, où il avait sa table, il aimait préparer ses repas. La femme qui nettoyait chaque matin les bureaux montait mettre de l'ordre au premier étage et faire son lit.

Nous n'habitions qu'à une trentaine de miles l'un de l'autre et cependant je n'allais guère le voir plus d'une fois tous les deux ou trois mois. J'entrais dans son bureau vitré, où il travaillait en manches de chemise. Il levait les yeux de ses papiers, paraissait surpris de me voir.

— Bonjour, fils…

— Bonjour, père…

Il continuait à écrire, ou à corriger des épreuves, ou à téléphoner. Je m'asseyais dans l'unique fauteuil de la pièce, qui était déjà à la même place quand j'étais enfant.

— Tu es content ? finissait-il par me demander.

— Tout va bien, oui.

— Isabel ?

Il avait un faible pour elle, bien qu'elle l'impressionnât un peu. Plusieurs fois, il m'avait dit en plaisantant :

— Tu ne méritais pas une femme comme elle...

À quoi il ajoutait invariablement, par acquit de conscience :

— Pas plus que je ne méritais ta mère...

Elle était morte trois ans plus tôt.

— Tes filles ?

Il n'était jamais bien fixé sur leur âge et les voyait beaucoup plus jeunes qu'elles n'étaient.

Il avait soixante-dix-neuf ans. Il était long et maigre, voûté. Je l'avais toujours connu voûté, toujours maigre, avec de petits yeux gris très malicieux.

— Tes affaires ?

— Je ne me plains pas...

Il regardait par la vitre.

— Tiens ! Tu as une nouvelle voiture...

Il gardait la sienne depuis plus de dix ans. Il est vrai qu'il s'en servait à peine. Il rédigeait le *Citizen* presque seul et ses rares collaborateurs étaient bénévoles.

Une femme d'une soixantaine d'années, Mme Fuchs, que j'avais toujours connue, elle aussi, s'occupait de recueillir la publicité.

Mon père imprimait les cartes de visite, les faire-part, les prospectus, les catalogues pour les commerçants locaux. Il n'avait jamais cherché à agrandir son affaire qui, au contraire, diminuait peu à peu ses activités.

— À quoi penses-tu ?

Je redressai la tête, comme pris en faute. L'habitude !

— À mon père... Je me disais qu'il ne nous avait pas téléphoné...

Isabel n'avait plus ni son père ni sa mère, seulement deux frères, installés tous les deux à Boston, et une sœur mariée en Californie.

— Il faudra que je passe le voir un de ces matins...
— Il y a plus d'un mois que tu n'y es pas allé...

Je me promettais de me rendre à Torrington. Cela m'intéressait de revoir mon père, notre maison, avec mes nouveaux yeux.

Je suis retourné dans la bibliothèque, où j'ai hésité entre mon journal et la télévision. J'ai fini par déployer le journal et, un quart d'heure plus tard, tandis que j'entendais le bourdonnement de la machine à laver la vaisselle, Isabel m'a rejoint.

— Tu ne crois pas que tu devrais téléphoner à Mona ?

Était-ce un piège ? Elle paraissait sincère, comme toujours. Aurait-elle été capable d'insincérité ?

— Pourquoi ?
— Tu étais le meilleur ami de son mari. Elle ne doit pas avoir de vrais amis à New York et Bob Sanders a repris l'avion sans se donner la peine de rester un jour de plus...
— Bob est comme ça...
— Elle doit se sentir seule dans ce grand appartement... Va-t-elle pouvoir garder un logement aussi important ?...
— Je ne sais pas...
— Ray avait de l'argent ?
— Il en gagnait beaucoup...

— Il en dépensait beaucoup aussi, non ?...

— Je le suppose... Sa part, dans l'affaire Miller et Miller, doit représenter une jolie somme...

— Quand comptes-tu aller la voir ?

Ce n'était pas un interrogatoire. Elle parlait simplement, comme une femme parle à son mari.

— Téléphone-lui, crois-moi... Cela lui fera du bien...

Je connaissais par cœur le numéro de Ray que je voyais de temps en temps lors de mes voyages à New York. Je composai le numéro et entendis la sonnerie qui résonna assez longtemps.

— Je crois qu'il n'y a personne...

— À moins qu'elle ne se soit couchée...

Au même moment, la voix de Mona se faisait entendre.

— Allô... Qui est à l'appareil ?

— Donald...

— C'est gentil de m'avoir appelée, Donald... Si vous saviez ce que je me sens perdue ici...

— C'est pour cela que je vous appelle... L'idée est d'Isabel...

— Vous lui direz merci pour moi...

Je crus déceler de l'ironie dans sa voix.

— Si vous n'étiez pas si loin, je vous demanderais de venir passer la soirée avec moi... Ma brave Janet fait ce qu'elle peut... Je vais et viens à travers les pièces sans savoir où me poser... Cela ne vous est jamais arrivé, à vous ?...

— Non...

— Vous avez de la chance... La matinée a été atroce... Ce cortège qui n'avançait pas... Puis ces gens, au cimetière... Si vous n'aviez pas été là...

Ainsi, elle avait remarqué qu'il lui avait pris le bras.
— J'aurais pu me laisser tomber par terre, de lassitude... Et ce grand prétentieux de Bob qui me saluait avec cérémonie avant de filer vers l'aéroport...
— Je sais...
— Les Miller vous ont parlé ?
— Ils m'ont demandé si je m'occupais de vos affaires...
— Qu'avez-vous répondu ?
— Que je vous aiderai dans la mesure de mes moyens... Comprenez bien, Mona, que je ne veux pas m'imposer... Je ne suis qu'un avocat de petite ville...
— Ray vous considérait comme un juriste de premier ordre...
— Il en existe, à New York, de beaucoup plus habiles que moi...
— Je tiens à ce que ce soit vous... À moins qu'Isabel...
— Non... Elle n'y verra aucun inconvénient, au contraire...
— Vous êtes libre lundi ?
— Quelle heure ?
— L'heure que vous voudrez... Vous en avez pour deux heures de route... Voulez-vous onze heures ?...
— J'y serai...
— Maintenant, je vais faire ce que je voulais déjà faire à cinq heures de l'après-midi : avaler deux tablettes de somnifère et me coucher... Si je pouvais seulement dormir quarante-huit heures...
— Bonne nuit, Mona...
— Bonne nuit, Donald... À lundi... Remerciez encore Isabel pour moi...
— Je le fais tout de suite...

Je raccrochai.

— Mona te remercie...

— De quoi ?

— D'abord de tout ce que tu as fait pour elle... Ensuite de me laisser m'occuper de la succession...

— Quelle raison aurais-je de m'y opposer ?... Me suis-je jamais opposée à ce que tu t'occupes d'une affaire ?...

C'était vrai. Je fus forcé de rire. Cela ne lui ressemblait pas. Elle ne se permettait pas d'émettre un avis. Tout au plus, de loin en loin, dans certains cas, un regard approbateur ou, au contraire, un regard un peu vide, ce qui constituait un avertissement suffisant.

— Tu vas lundi à New York ?

— Oui.

— En voiture ?

— Cela dépendra des prévisions météorologiques... Si de nouvelles chutes de neige sont annoncées, je prendrai le premier train...

Voilà. C'était facile. Nous parlions comme un couple ordinaire, tranquillement, avec des mots simples. Les gens qui nous auraient vus et entendus auraient pu nous prendre pour un ménage modèle.

Or, Isabel me considérait comme un lâche ou comme un meurtrier, au choix. Et moi, j'avais décidé que, lundi, je la tromperais avec Mona.

La maison avait son ronron familier, car c'était une maison vivante, peut-être parce qu'elle était très vieille et qu'elle avait abrité tant de vies humaines. Les pièces, avec le temps, s'étaient agrandies. Des fenêtres avaient été transformées en portes. On avait dressé des cloisons et on en avait abattu d'autres. À six mètres à peine de la chambre à coucher, une piscine avait été creusée dans le roc.

La maison respirait. De temps en temps, on entendait le brûleur, dans la cave, qui se mettait en marche. Parfois un radiateur émettait un bruit métallique et d'autres fois c'était le revêtement de bois d'une des pièces, ou une des poutres, qui craquait. Jusqu'en décembre, nous avons eu un grillon dans la cheminée.

Isabel ouvrait son journal et essuyait ses lunettes car, depuis plusieurs années, elle avait besoin de lunettes pour lire. Cela lui faisait d'autres yeux, moins sûrs d'eux, moins limpides, comme effrayés.

— Higgins va bien ?
— Très bien...
— Sa femme est remise de sa grippe ?
— Je ne le lui ai pas demandé...

Nous étions en train de nous engluer doucement pour le reste de la soirée et j'avais vécu ainsi pendant dix-sept ans.

5

C'est arrivé, comme je m'y attendais, et je ne crois pas que Mona ait été surprise. Je suis même à peu près certain qu'elle s'y attendait, qu'elle le souhaitait, ce qui ne signifie pas qu'elle soit amoureuse de moi.

Avant ça, nous avions eu à la maison le traditionnel week-end avec nos filles. Nous sommes allés les chercher à Litchfield, Isabel et moi, et nous n'avons pas évité le quart d'heure de conversation avec miss Jenkins qui a de petits yeux noirs et brillants et qui crachote en parlant.

— Si toutes nos élèves pouvaient être comme votre Mildred...

Au fond, je déteste les écoles et surtout les occasions auxquelles les parents y sont réunis à leurs enfants. On se revoit d'abord soi-même à tous les âges, ce qui cause déjà une certaine gêne. Puis on repense malgré soi à la première grossesse, au premier cri du bébé, aux premières layettes, enfin au jour où on a conduit l'enfant à l'école maternelle et où on est reparti sans lui.

Les années sont marquées, comme des étapes, par les distributions de prix, par les vacances. Des traditions se créent, qu'on se figure immuables. Un autre enfant naît, qui passe par les mêmes rites, retrouvant les mêmes professeurs.

On se retrouve avec une fille de quinze ans, une autre de douze, et on est devenu un homme sur son déclin.

Comme dans la chanson de Jimmy Brown, les cloches de la naissance, les cloches du mariage, les cloches de l'enterrement. Puis cela recommence avec les autres.

La première question de Mildred a été, à peine dans la voiture :

— Je peux aller passer la nuit chez Sonia, maman ?

C'est toujours à leur mère qu'elles demandent les permissions, comme si je ne comptais pas. Sonia est la fille de Charles Brawton, un voisin qui est vaguement notre ami.

— Elle t'a invitée ?

— Oui. Il y a une petite réunion, demain soir, et elle a insisté pour que je dorme chez elle...

Mildred a un visage qu'on aurait envie de manger tant il est appétissant. Sa peau est claire comme celle de sa mère, mais piquetée de taches de rousseur sous les yeux et sur le nez. Elle en est désolée alors que c'est ce qui lui donne son charme. Ses traits sont restés assez enfantins, son corps aussi, qui ressemble à celui d'une poupée.

— Qu'en penses-tu, Donald ?

Je dois avouer qu'Isabel ne manque jamais de me demander mon avis. Mais si j'avais le malheur de refuser, j'aurais les enfants contre moi, de sorte que j'ai toujours dit oui.

— Et moi, alors, s'est exclamée Cécilia, je vais rester seule à la maison ?

Car y être avec nous, c'est y être seule ! On vante la famille, l'intimité entre parents et enfants. Cécilia a douze ans et parle déjà, elle, de solitude.

C'est vrai. J'étais comme ça à son âge. Je me souviens des dimanches mornes, interminables avec mes parents, surtout quand il pleuvait.

— Nous inviterons une de tes amies...

Alors, les parents se téléphonent. On pratique des échanges.

— Est-ce que Mabel pourrait venir passer le week-end à la maison ?...

Le dimanche à onze heures, nous nous sommes retrouvés tous les quatre pour nous rendre au service religieux. Là aussi, on voit les gens vieillir d'année en année.

— C'est vrai que ton ami Ray est mort dans notre jardin ?

— C'est vrai, ma chérie.

— Tu me montreras la place ?

On ne la leur a pas montrée. Avec les enfants, on fait comme si la mort n'existait pas, comme s'il n'y avait que les autres, les inconnus, les gens qui n'appartiennent pas à la famille ni au petit cercle d'amis, qui passent de vie à trépas.

Peu importe. Tout cela n'a pas d'importance. Ce qui est plus curieux, c'est que Cécilia ait dit soudain, tandis que nous déjeunions :

— Tu es triste, maman ?

— Mais non...

— C'est à cause de ce qui est arrivé à Ray ?

— Non, ma chérie... Je suis comme d'habitude...

Les deux filles ressemblent plutôt à leur mère qu'à moi, mais Cécilia a quelque chose de différent. Ses cheveux sont presque bruns, ses prunelles noisette et, alors qu'elle était encore toute petite, elle faisait déjà des réflexions qui nous surprenaient.

Elle doit réfléchir beaucoup, avoir une vie intérieure que nous ne soupçonnons pas.

— Vous nous reconduisez tous les deux ?
— Demande à ton père...

J'ai dit oui. Nous sommes allés les reconduire le dimanche soir. Nous les avons à peine vues, en définitive.

J'ai regardé la télévision. J'aurais de la peine à dire ce qu'Isabel a fait. Elle est toujours occupée.

Notre femme de ménage a repris son travail. Elle s'appelle Dawling. Son mari est l'ivrogne du pays, le vrai, l'ivrogne complet qui se bat tous les samedis soir dans les bars et qu'on retrouve couché sur un trottoir ou au bord du chemin.

Il a essayé tous les métiers, s'est fait renvoyer de partout. Depuis peu, il élève des cochons dans une cabane en vieilles planches qu'il a édifiée au fond de son terrain. La municipalité essaie de l'en empêcher, car tout le monde s'en plaint.

Ils ont huit enfants, tous des garçons, qui tous ressemblent au père et qui sont la terreur du pays. On les appelle les Rouquins sans les distinguer les uns des autres, et la plupart vont par paire car Mme Dawling accouche presque toujours de jumeaux.

Ces gens-là forment une bande, un clan, qui vit en bordure de la communauté où seule la pauvre Mme Dawling est admise pour faire les ménages. Elle parle rarement. Ses lèvres sont minces et elle regarde tout le monde d'un œil méprisant.

Elle veut bien servir, mais elle n'en pense pas moins.

— Tu crois que tu passeras la nuit à New York ? Tu veux que je te prépare une valise ?

— Non... J'en aurai presque sûrement fini avant le soir.

Son regard commence à m'irriter. Je ne sais plus exactement ce qu'il signifie. Ce n'est pas de l'ironie et pourtant il semble dire :

— Je te connais, va !... Je sais tout... Tu as beau faire, tu ne me cacheras rien...

Contradictoirement, ce regard comporte une part de curiosité. On dirait qu'à chaque instant elle se demande comment je vais réagir, ce que je vais faire.

Elle a devant elle un autre homme et peut-être n'est-elle pas sûre d'en avoir exploré toutes les possibilités.

Elle sait que je vais à New York pour voir Mona. N'a-t-elle pas senti, pendant que celle-ci était à la maison, que j'en avais envie ? Ne se doute-t-elle pas de ce qui va arriver ?

Elle a bien soin de ne montrer aucune jalousie. C'est elle, jeudi soir, qui m'a conseillé de téléphoner à Sutton Place. C'est elle, ce dimanche soir, qui a proposé de préparer ma valise, comme s'il était entendu que je passerais la nuit à New York.

Parfois, je me demande si elle ne me pousse pas. Mais pourquoi ? Pour éviter que je me révolte ? Pour sauvegarder ce qu'il y a encore à sauvegarder ?

Elle sait bien que, depuis une semaine, nous sommes devenus des étrangers. Des étrangers qui vivent ensemble, qui mangent à la même table, se déshabillent l'un devant l'autre et dorment dans la même chambre. Des étrangers qui se parlent comme mari et femme.

Serais-je encore capable de faire l'amour avec elle ? Je ne le crois pas.

Pourquoi ? Quelque chose s'est cassé pendant que j'étais sur le banc rouge de la grange, à fumer des cigarettes.

Mona n'y est pour rien, quoi qu'Isabel en pense.

Le ciel était sombre, le dimanche soir. J'ai annoncé :

— Je prendrai le train…

Je me suis levé à six heures du matin, le lundi. Le ciel était un peu plus clair mais il m'a semblé que l'air sentait la neige.

— Tu veux que je te conduise à la gare ?

Elle m'y a conduit avec la Chrysler. La gare de Millerton est une petite gare en bois où il n'y a jamais que trois ou quatre personnes à attendre le train, un train où tout le monde se connaît de vue. Notre cordonnier qui allait aussi à New York m'a salué.

— Ce n'est pas la peine d'attendre… Tu peux rentrer… Je te téléphonerai pour te dire par quel train je reviens…

Il n'a pas neigé. Au contraire, à mesure que nous approchions de New York, le temps s'est mis au beau et c'est sur un ciel très pur, avec quelques nuages dorés, que se sont dessinés les gratte-ciel.

Je suis allé boire un café. Il était trop tôt pour me rendre chez Mona et en sortant de la gare j'ai marché le long de Park Avenue. J'aurais pu, moi aussi, vivre à New York, avoir un bureau dans un de ces buildings de verre, déjeuner avec des clients ou des amis, prendre l'apéritif, la journée finie, dans un bar intime et peu éclairé.

Nous aurions pu, le soir, aller au théâtre, ou danser dans un cabaret...

Nous aurions pu...

Qu'est-ce que Mona avait donc dit exactement à ce sujet ? Que Ray m'enviait, que j'étais le plus fort des deux, que j'avais fait sagement mon choix ! Un Ray à qui tout avait réussi et qui parlait de se flanquer une balle dans la tête !

Foutaise !

Est-ce que les passants me regardaient vraiment ? J'ai toujours l'impression que les gens me regardent, comme si j'avais une tache au milieu du visage ou comme si je portais un vêtement ridicule. Cette sensation était telle, quand j'étais enfant, puis jeune homme, que je m'arrêtais devant les vitrines pour m'assurer que mon aspect n'avait rien d'anormal.

À dix heures et demie, j'ai arrêté un taxi et me suis fait conduire à Sutton Place. Je connaissais l'immeuble, la marquise orange, le portier galonné, le hall avec quelques fauteuils de cuir et, à droite, le comptoir du réceptionniste.

Celui-ci me connaissait aussi.

— C'est pour Mme Sanders, monsieur Dodd ?... Vous désirez que je vous annonce ?...

— Ce n'est pas la peine... Elle m'attend...

Le garçon d'ascenseur portait des gants de fil blanc. Il m'a arrêté au vingt et unième étage et je savais à laquelle des trois portes d'acajou je devais sonner.

Janet est venue m'ouvrir. C'est une fille appétissante dans son uniforme de soie noire, avec un joli tablier brodé, et d'habitude son visage est rieur.

Je suppose qu'elle a cru devoir prendre un air de circonstance, et elle a murmuré quelque chose comme :

— Qui aurait cru ça…

Débarrassé de mon manteau et de mon chapeau, elle m'a conduit dans le salon où je suis chaque fois comme pris de vertige. C'est une vaste pièce toute blanche dont les deux baies donnent sur l'East River. J'ai connu Ray assez longtemps pour savoir qu'il n'a pas choisi le décor selon son goût.

Ce salon-là était un défi. Il avait voulu faire riche, moderne, étonnant. Les meubles, les toiles au mur, les sculptures sur les socles semblaient avoir été choisis pour un décor de cinéma bien plus que pour y vivre et la dimension de la pièce excluait toute idée d'intimité.

Une porte s'est ouverte, celle d'un petit salon qu'on appelait le boudoir, et, de loin, Mona m'a lancé :

— Venez par ici, Donald…

J'ai hésité à emporter mon porte-documents. J'ai fini par le laisser sur le fauteuil où je l'avais déposé.

Je marchais vers elle. J'avais près de dix mètres à parcourir. Elle se tenait dans l'embrasure de la porte, vêtue de bleu sombre. Elle attendait, en me regardant avancer.

Elle m'a laissé passer sans me tendre la main, puis elle a refermé la porte derrière moi.

Alors seulement, face à face, nous nous sommes regardés dans les yeux, hésitants.

J'ai mis mes mains sur ses deux épaules et j'ai commencé par l'embrasser sur les joues, comme du temps de Ray. Puis, soudain, sans plus attendre, j'ai écrasé ses lèvres sous les miennes en serrant son corps contre moi.

Elle n'a pas protesté, ne s'est pas raidie. Je voyais ses yeux qui me fixaient avec un certain étonnement.

Ne savait-elle pas que cela arriverait ? Était-elle surprise que ce soit si vite ? Ou bien était-ce mon émotion, ma maladresse qui la surprenaient ?

Tout mon être était pris d'un tremblement. Je ne pouvais détacher ma bouche de la sienne, mes yeux de ses yeux.

Je crois qu'au fond de moi-même j'avais envie de pleurer.

Le vêtement bleu était un peignoir de soie très souple et je sentais qu'il n'y avait qu'elle en dessous.

L'avait-elle fait exprès ? N'avait-elle pas eu le temps de s'habiller parce que j'étais arrivé dix minutes en avance ?

J'ai murmuré :

— Mona...

Et elle a dit :

— Viens...

Nous restions enlacés et elle m'entraînait vers un divan sur lequel nous sommes tombés en même temps.

Je me suis plongé littéralement en elle, tout à coup, violemment, presque méchamment, et, l'espace d'une seconde, il y a eu de la peur dans ses yeux.

Quand je me suis redressé, elle s'est vivement relevée, renouant la ceinture du peignoir.

— Je vous demande pardon, Mona...

— Vous n'avez pas à demander pardon...

Elle me souriait, avec encore de la joie dans les yeux mais, sur ses lèvres très ourlées, un rien de mélancolie.

J'avouai :

J'étais assis devant elle et la baie, ici aussi, donnait sur l'East River baignée de soleil.

— Quand je suis rentrée, jeudi, j'ai failli vous appeler... L'appartement me paraissait dix fois plus grand qu'il ne l'est en réalité et je m'y sentais perdue... J'allais et venais, touchais des meubles, des objets, comme pour m'assurer de leur réalité... Je me suis mise à boire... Quand vous m'avez appelée, le soir, on ne remarquait pas à ma voix que j'avais bu ?...

— J'étais trop ému pour remarquer quoi que ce soit... Isabel me regardait...

Elle me regarda aussi, en silence d'abord, puis en disant :

— Je ne la comprendrai jamais...

Elle fumait rêveusement.

— Vous la comprenez, vous ?

— Non...

— Vous croyez qu'elle puisse souffrir, que quoi que ce soit puisse l'atteindre ?

— Je ne sais pas, Mona... J'ai vécu dix-sept ans sans me poser la question...

— Et maintenant ?

— Je me la pose depuis une semaine...

— Elle ne vous fait pas un peu peur ?

— J'y étais habitué... Je croyais que c'était tout simple...

— Vous ne le croyez plus ?

— Elle me regarde vivre, connaît mes plus petites réactions et sans doute mes moindres pensées... Elle ne prononce jamais un mot qui puisse le laisser supposer... Elle reste calme et sereine...

— Maintenant encore ?

— Pourquoi posez-vous cette question ?

— Parce qu'elle a compris... Une femme ne s'y trompe pas...

— Elle a compris quoi ?

— Que ce qui vient d'arriver arriverait tôt ou tard... Vous parliez de la nuit passée sur les matelas... Elle l'a fait exprès de vous mettre à côté de moi...

— Pour ne pas paraître jalouse ?

— Non... Pour éprouver... C'est encore plus subtil que cela, j'en jurerais... Pour vous tenter... Pour vous troubler...

Je m'efforçais de comprendre, de voir Isabel dans ce nouveau rôle.

— Deux fois au moins elle s'est arrangée pour nous laisser seuls et elle savait mon envie de me blottir dans vos bras... J'avais besoin de réconfort, de sentir quelqu'un de solide contre moi...

— Je ne vous ai pas aidée...

— Non... J'ai d'abord cru que vous aviez peur d'elle...

Le mot est inexact. Je n'ai jamais eu peur d'Isabel. Seulement peur de la peiner, de la décevoir, de me montrer inférieur à l'idée qu'elle s'était faite de moi.

Tant que ma mère a vécu, j'ai craint de lui faire de la peine et, maintenant encore, si je me sens mal à l'aise dans l'imprimerie de mon père, à Torrington, c'est parce que je ne voudrais pas qu'il sente ma pitié.

Il n'est que l'ombre de lui-même, comme on dit. Il se raidit, par bravade, publie coûte que coûte son journal qui n'a plus un millier de lecteurs.

Il continue à afficher une ironie qui a été sa marque pendant toute sa vie mais il sait bien qu'un jour ou l'autre on devra le transporter à l'hôpital, à moins qu'il ne s'écroule d'un coup dans sa chambre ou dans son bureau.

Puis-je lui laisser voir mes craintes ? Et que chaque fois que je le quitte je me demande si je le reverrai vivant ?

Mona regarda l'heure à une pendulette dorée.

— Je parierais qu'à cette heure elle sait exactement ce qui vient de se passer...

Elle en revenait à Isabel qui la préoccupait, et je me demandais pourquoi.

Si cela avait été une autre qu'elle, j'aurais pensé qu'elle espérait me voir divorcer pour l'épouser. Cette idée me serra un peu la gorge et je me levai pour remplir les verres.

— Je ne vous ai pas choqué, Donald ?
— Non.
— Vous l'aimez toujours, n'est-ce pas ?
— Non.
— Mais vous l'avez beaucoup aimée ?
— Je ne crois pas.

Elle buvait son scotch à plus petites gorgées que le premier et elle m'observait toujours.

— J'ai envie de vous embrasser, murmura-t-elle enfin en se levant.

Je me levai aussi. Je l'entourai de mon bras et, au lieu de lui tendre les lèvres, je mis ma joue contre la sienne, restai ainsi longtemps à regarder le paysage au-delà des vitres.

J'étais très triste.

Puis cette tristesse se transforma en un sentiment plus doux, où il ne restait qu'une vague amertume. En se dégageant, elle dit :

— Il vaut quand même mieux que je m'habille avant le déjeuner...

Je la regardais se diriger vers ce que je savais être la chambre à coucher. Je me résignais à m'asseoir, à lire un journal en l'attendant, et ma déception devait se marquer sur mon visage car elle a ajouté d'une voix toute naturelle :

— Si vous préférez venir...

Je l'ai suivie dans la chambre dont un des lits était défait. La porte de la salle de bains était ouverte et de l'eau, sur le carrelage, m'indiquait qu'elle avait pris son bain peu avant mon arrivée. Elle s'assit devant la coiffeuse, commença par se brosser les cheveux avant de se maquiller.

Je suivais ses gestes, les reflets de la lumière sur sa peau, avec émerveillement. Je sais bien que nous venions de faire l'amour, mais c'était presque plus précieux d'être accepté ainsi dans son intimité de femme.

— Vous m'amusez, Donald...

— Pourquoi ?

— Vous avez l'air d'assister pour la première fois à la toilette d'une femme...

— C'est vrai...

— Mais Isabel...

— Ce n'est pas la même chose...

J'ai rarement vu Isabel assise devant sa coiffeuse et celle-ci ne contient que des choses essentielles, au lieu de tous les petits pots, de tous les flacons que je voyais dans celle de Mona.

— Cela ne vous ennuie pas de déjeuner ici avec moi ? J'ai demandé à Janet de nous préparer un bon petit repas...

Je me souviens de deux jeunes lions, au Zoo, qui se roulaient gentiment avec une entière confiance. C'est à peu près la sensation que j'éprouvais à présent avec Mona.

Quand elle se leva, ce fut pour aller chercher son linge dans une armoire. Elle ne se cacha pas pour retirer son peignoir et, nue, elle n'était pas provocante non plus. Elle s'habillait aussi naturellement que si elle avait été seule et je ne perdais aucun de ses gestes, aucune de ses attitudes.

Était-il toujours vrai que je n'en étais pas amoureux ? Je crois que oui. L'idée ne me venait pas de vivre avec elle, de lier mon destin au sien comme je l'avais fait jadis avec Isabel.

Je voyais le lit de Ray non défait et cela ne me gênait pas, cela n'évoquait aucune image désagréable.

Il y avait deux autres chambres dans l'appartement, je le savais. Un soir j'avais dormi dans une des deux, parce que l'heure de mon train était passée. Janet occupait l'autre, plus petite et plus près de la cuisine.

Curieusement, il n'y avait pas de salle à manger, sans doute parce qu'on avait réservé tout l'espace possible au salon.

— Ça va ? Je ne suis pas trop habillée ?

Elle avait choisi une robe de fin lainage noir qu'elle avait égayée d'une ceinture en argent tressé. Elle devait savoir que le noir lui allait bien.

— Vous êtes parfaite, Mona...

— Tout à l'heure, il faudra que nous parlions sérieusement... Je me demande ce que je ferais, si vous n'étiez pas là, avec tous les problèmes qui se présentent...

Janet avait dressé une petite table près d'une des baies vitrées et il y avait une bouteille à long col, du vin du Rhin, dans un seau à glace.

— Je dois déménager, trouver un appartement plus petit... Au fond, nous n'aimions celui-ci ni l'un ni l'autre... Pour Ray, c'était de la poudre aux yeux... Il s'agissait d'impressionner ses clients... Je crois aussi que cela l'amusait de recevoir, de voir beaucoup de monde autour de lui, des intrigues se former, des gens qui oubliaient peu à peu leur dignité...

Elle me regarda soudain sérieusement.

— Au fait, je ne vous ai jamais vu ivre, Donald...

— Je l'ai pourtant été en votre présence... Le samedi soir, chez les Ashbridge...

— Vous étiez ivre ?

— Vous ne l'avez pas remarqué ?

Elle hésita.

— Pas à ce moment-là...

— Quand ?

— Je ne sais pas... Je n'en suis pas sûre... Ne vous fâchez pas si je me trompe... Quand vous êtes revenu d'être allé à la recherche de Ray, je ne vous ai pas trouvé comme d'habitude...

Un homard, des viandes froides étaient posés sur un guéridon afin que nous puissions nous servir. Je venais d'avoir une bouffée de sang à la tête.

— Ce n'était pas l'ivresse, dis-je.

— C'était quoi ?

Tant pis. J'étais décidé.

— La vérité, c'est que je ne suis pas allé à la recherche de Ray. J'étais trop épuisé. Je perdais mon souffle dans la tempête et j'avais à tout moment l'impression que mon cœur cessait de battre. Je n'avais aucune chance de le retrouver dans l'obscurité, avec la neige qui me fouettait le visage et me fermait les yeux.

» Alors, je me suis dirigé vers la grange...

Elle s'était arrêtée de manger et me regardait avec un tel étonnement que je faillis regretter ma franchise.

— Là, je me suis assis sur un banc qu'on y remise pendant l'hiver et j'ai allumé une cigarette...

— Vous y êtes resté tout le temps ?

— Oui... Les bouts de cigarette étaient par terre, à mes pieds... J'en ai fumé au moins dix...

Elle était troublée, mais elle ne m'en voulait pas. À la fin, elle tendit le bras pour me saisir la main en disant :

— Merci, Donald...

— Merci de quoi ?

— De me faire confiance... De me dire la vérité... J'ai senti qu'il s'était passé quelque chose, mais je ne savais pas quoi... Je me suis même demandé un moment si vous ne vous étiez pas disputé avec Ray...

— Pourquoi me serais-je disputé avec lui ?

— À cause de cette femme...

— De quelle femme parlez-vous ?

— Mme Ashbridge... Patricia... Quand Ray l'a emmenée, vous paraissiez jaloux...

J'étais stupéfait d'apprendre qu'elle était au courant.

— Vous les avez surpris ? demandai-je.

— Au moment où ils sortaient... Je ne les suivais pas... C'est par hasard que je les ai vus... Vous n'avez pas été jaloux de Ray ?...

— Pas à cause d'elle...

— À cause de moi ?

Elle posait la question sans coquetterie. Nous parlions vraiment tous les deux à cœur ouvert. Ce n'était pas, comme avec Isabel, une lutte de regards.

— À cause de tout... J'ai poussé, moi, cette porte par où vous les avez vus sortir... Je ne pensais à rien... J'avais bu plus que d'habitude... Je les ai surpris...

» Alors, brusquement, comme une bouffée chaude vous monte à la tête, il m'est venu une terrible jalousie à l'égard de Ray...

» À Yale, j'étais un bûcheur qu'on considérait comme beaucoup plus brillant que lui, je m'excuse de le dire moi-même.

» Quand il a décidé de s'installer à New York, je lui ai dit qu'il risquait de végéter longtemps...

» Je suis allé me terrer à Brentwood, à trente miles à peine de la maison paternelle, comme si j'avais peur de rester sans protection... Et, presque tout de suite, comme pour me protéger davantage, j'ai épousé Isabel...

Elle m'écoutait, ahurie, levait son verre, me désignait le mien.

— Buvez...

— Je vous ai tout dit... Vous devinez le reste, mes autres pensées de ce samedi-là... Ray vous a eue, est devenu l'associé de Miller et Miller... Et, le long du chemin, il pouvait cueillir des femmes comme Patricia, nonchalamment...

Elle prononça avec lenteur :

— Et c'est lui qui vous enviait !...
— Je vous déçois, Mona ?
— Au contraire...

Elle était émue. Sa lèvre supérieure tremblait.

— Comment avez-vous eu le courage de me raconter ça ?
— Vous êtes la seule personne à qui je puisse parler...
— Vous avez haï Ray, n'est-ce pas ?
— Cette nuit-là, sur mon banc, oui...
— Et avant ?
— Je le considérais comme mon meilleur ami... Mais, toujours sur mon banc, j'ai découvert que je m'étais menti...
— Si vous aviez pu le sauver ?...
— Je ne sais pas... Je l'aurais probablement fait, à contrecœur... Je ne suis plus sûr de rien, Mona... Voyez-vous, en une nuit, j'ai beaucoup changé...
— Je l'avais remarqué... Isabel aussi...
— Elle a si bien flairé quelque chose qu'elle est allée dans la grange et qu'elle a découvert les bouts de cigarette...
— Elle vous en a parlé ?
— Non... Elle les a fait disparaître... Par crainte, j'en suis sûr, que le lieutenant Olsen les découvre...
— Isabel ne croit-elle pas que vous avez... que vous avez fait autre chose ?...

J'ai préféré parler crûment.

— Que j'ai poussé Ray à bas du rocher ?... Je ne sais pas... Depuis une semaine, elle me regarde comme si elle ne me reconnaissait pas, comme si elle cherchait à comprendre... Vous comprenez, vous ?...
— Je crois...

— Cela ne vous déçoit pas ?
— Au contraire, Donald...

C'était la première fois que je me sentais comme baigné d'un chaud regard féminin.

— Je me demandais si vous m'en parleriez... J'aurais été un peu triste si vous ne l'aviez pas fait... Cela demandait du courage...

— Au point où j'en suis, vous savez...

— À quel point en êtes-vous ?

— J'ai tracé une croix sur dix-sept ans, que dis-je, sur quarante-cinq ans de vie... Tout est du passé... Hier, devant mes filles, j'avais honte, car je me sentais un étranger... Pourtant, je vais continuer à faire les mêmes gestes, à dire les mêmes mots...

— C'est nécessaire ?

Je l'ai regardée. J'ai hésité. Cela aurait été facile. Puisque j'avais tout effacé, n'avais-je pas le droit de recommencer autrement ? Mona était devant moi, grave, tremblante.

Cette minute a été décisive. Nous mangions, nous buvions du vin du Rhin, nous avions la vue d'East River qui coulait à nos pieds.

— Oui, ai-je murmuré. C'est nécessaire...

J'ignore pourquoi. Ce oui, je l'ai prononcé la gorge nouée, en la regardant avec intensité. J'étais sur le point... Non, pas encore, mais j'aurais pu, très vite, me mettre à l'aimer. J'aurais pu m'installer à New York, moi aussi... Nous aurions pu...

J'ignore si elle a été blessée. Elle ne l'a pas montré.

— Merci, Donald...

Elle se levait, secouait les miettes de sa robe.

— Vous prendrez du café ?

— S'il vous plaît...

Elle sonna Janet.

— Où préférez-vous que nous nous tenions ? Ici ou dans le boudoir ?

— Dans le boudoir...

Cette fois, j'emportai ma serviette. Puis je marchai à côté d'elle, lentement, la main sur son épaule.

— Vous me comprenez, Mona, n'est-ce pas ? Vous sentez, vous aussi, que ça ne pourrait pas marcher...

Elle leva sa main pour serrer la mienne et je revoyais cette main-là sur le plancher de notre living-room, éclairée par les flammes de la cheminée.

Je me sentais détendu. Un peu plus tard, je me suis assis devant une petite table ancienne sur laquelle j'ai posé du papier, un crayon.

— Et d'abord, savez-vous où vous en êtes ?

— Je ne sais rien... Ray ne me parlait pas de ses affaires...

— Vous avez de l'argent sous la main ?

— Nous avons un compte joint à la banque...

— Vous savez combien il y a au crédit de ce compte ?

— Non...

— Ray avait une assurance ?

— Oui...

— Vous connaissez ses arrangements avec les Miller ?

— Il était associé, mais pas un associé à part entière, si j'ai bien compris... Chaque année, sa participation devenait plus importante...

— Il n'a pas laissé de testament ?

— Pas à ma connaissance.

— Vous avez regardé dans ses papiers ?

— Oui…

Je suis allé avec elle dans le bureau que Ray s'était aménagé et nous avons examiné ensemble ses papiers. Il n'y avait entre nous aucun malaise, aucune arrière-pensée.

La police d'assurance, au bénéfice de Mona, était de deux cent mille dollars.

— Vous avez averti la compagnie ?
— Pas encore.
— La banque non plus ?
— Non. Je ne suis pratiquement pas sortie d'ici depuis jeudi. Dimanche matin, seulement, je suis allée faire les cent pas sur le trottoir pour prendre l'air.
— Vous permettez que je donne quelques coups de téléphone ?

Je me retrouvais dans mes fonctions d'avocat et de notaire. Elle m'écoutait téléphoner, s'étonnant que tout s'arrange si facilement.

— Désirez-vous que j'aille voir les frères Miller de votre part ?
— Faites-le, voulez-vous ?

J'ai téléphoné aux Miller et leur ai annoncé ma visite.

— Je reviendrai vous voir tout à l'heure… ai-je dit à Mona.

J'emportai mon porte-documents. Dans le salon, je me tournai vers elle et, très naturellement, comme je m'y attendais, elle est venue se blottir contre moi pour m'embrasser.

Les bureaux des frères Miller occupent deux étages entiers d'un des nouveaux buildings de Madison Avenue, près des bâtiments grisâtres de l'archevêché. Rien que dans une immense salle, plus de cinquante employés travaillaient, chacun à son bureau, avec un ou deux téléphones à sa portée, et j'avais entrevu en passant un même fourmillement dans l'atelier des maquettes.

Ils étaient là tous les deux à m'attendre, David et Bill, courts et gras, si pareils l'un à l'autre que des gens qui ne les connaissaient pas très bien les confondaient.

— Nous sommes heureux, monsieur Dodd, que Mme Sanders vous ait choisi pour la représenter. Si elle ne l'avait pas fait, nous vous aurions choisi aussi, comme je vous l'ai dit au cimetière...

Le bureau était vaste, moelleux, juste assez solennel pour une affaire aussi sérieuse.

— Qu'est-ce que je peux vous offrir ? Scotch ?...

Un panneau d'acajou dissimulait un bar.

— Je suppose que vous êtes, grosso modo, au courant de la situation ?... Voici notre contrat d'association, tel qu'il a été établi il y a cinq ans...

Il comportait une dizaine de pages que je ne fis que parcourir. À vue de nez, la part de Ray dans l'affaire pouvait s'évaluer à environ un demi-million de dollars.

— Voici les derniers relevés... Vous aurez le temps d'étudier ces documents à loisir et de reprendre contact avec nous... Quand repartez-vous pour Brentwood ?...

— Probablement demain...

— Nous pourrions déjeuner ensemble ?

— Je vous téléphonerai dans la matinée...

— Avant de partir, j'aimerais que vous jetiez un coup d'œil dans le bureau de notre pauvre ami et que vous voyiez s'il n'y a pas de papiers ou d'objets personnels à emporter...

Le bureau de Ray était presque aussi important que celui dont je sortais et sa belle secrétaire rousse travaillait à une table. Elle se leva pour me serrer la main, bien que j'eusse l'impression qu'elle n'appréciait pas ma visite.

Je la connaissais pour être venu parfois prendre Ray à son bureau.

— Savez-vous, miss Tyler, si Ray avait ici des papiers personnels ?

— Cela dépend de ce qu'on appelle personnel... Voyez...

Elle ouvrait les tiroirs, me laissait le soin de feuilleter les dossiers. Sur le bureau, une photographie de Mona était encadrée d'argent.

— Il vaut mieux que je l'emporte, n'est-ce pas ?

— Je suppose...

— Je reviendrai demain... Vous seriez gentille de réunir ses menus objets...

— Il y a même un manteau dans le placard...

— Je vous remercie...

Je me fis conduire à la banque, puis au siège de la compagnie d'assurance. Je liquidais, non seulement le passé d'un homme, mais l'homme lui-même. J'étais en train de l'effacer légalement, comme les frères Miller l'effaçaient de leur raison sociale.

Il était six heures quand j'arrivai à Sutton Place. Mona m'a ouvert la porte et nous nous sommes embrassés comme si c'était devenu un rite.

— Pas trop fatigué ?

— Non... Il me reste beaucoup à faire demain... Il vaudra mieux que vous veniez chez les Miller avec moi...

Sans rien me demander, elle nous versait à boire.

— Où voulez-vous que...

Elle allait encore me demander si je préférais le salon au boudoir.

— Vous le savez bien...

Nous nous sommes mis à boire, tous les deux, sans beaucoup parler.

— Vous êtes riche, ma petite Mona... Y compris l'assurance, vous allez vous trouver à la tête de sept cent mille dollars...

— Tant que ça ?

Le chiffre l'étonnait, mais on sentait qu'il n'avait pas pour elle une signification exacte.

— Vous permettez que je téléphone à la maison ?

Isabel répondit tout de suite.

— Tu avais raison... Je ne pourrai pas rentrer ce soir à Brentwood... J'ai vu les Miller, oui, et je dois, pour demain, étudier les documents qu'ils m'ont remis...

— Tu es chez Mona ?

— J'y reviens à l'instant...

— Tu comptes passer la nuit à l'*Algonquin* ?

C'est le vieil hôtel où nous avons l'habitude de descendre quand nous passons la nuit à New York. Il se trouve dans le quartier des théâtres et j'avais huit ans quand j'y suis allé pour la première fois avec mon père.

— Je ne sais pas encore...

— Je comprends...

— Tout va bien à la maison ?

— Il n'y a rien de nouveau...
— Bonne nuit, Isabel...
— Bonne nuit, Donald... Mes amitiés à Mona...
Je répétai à voix haute, tourné vers celle-ci :
— Ma femme vous fait ses amitiés.
— Remerciez-la et faites-lui les miennes...

Lorsque j'ai raccroché, elle m'a regardé, une question dans les yeux.

J'ai compris qu'elle pensait à l'*Algonquin*.

— À cause de Janet... murmurai-je.
— Vous croyez que Janet ne sait pas déjà ?

Son regard se tournait vers le divan.

— Pourquoi n'irions-nous pas dîner dans un petit restaurant peu connu et ne rentrerions-nous pas ensuite nous coucher ?

Elle a rempli les verres.

— Il faudra que je m'habitue à boire moins. Je bois beaucoup trop, Donald...

Puis, après un temps de réflexion, comme frappée par une idée :

— Vous ne craignez pas qu'Isabel vous rappelle à l'*Algonquin* ?

J'ai répondu en souriant :

— Vous croyez qu'elle ne sait pas, elle aussi ?

Je me demandais si je serais obligé de dormir dans le lit de Ray. En fin de compte, nous nous sommes serrés tous les deux dans le lit de Mona, à côté du lit resté vide.

SECONDE PARTIE

1

Isabel continue à me regarder. Rien d'autre. Elle ne me pose pas de questions. Elle ne m'adresse pas de reproches. Elle ne pleure pas. Elle ne prend pas un air de victime.

La vie continue comme par le passé. Nous dormons toujours dans la même chambre, utilisons la même baignoire, mangeons en tête à tête et, le soir, quand je n'ai pas apporté de travail à la maison, nous lisons ou regardons la télévision.

Les filles viennent, tous les quinze jours, passer le week-end, et je pense qu'elles ne s'aperçoivent de rien. Il est vrai qu'elles sont plus préoccupées par leur vie personnelle que par la nôtre.

Au fond, nous ne les intéressons déjà plus, en tout cas en ce qui concerne Mildred. Le frère d'une de ses amies, qui a vingt ans, tient une plus grande place que nous dans ses préoccupations.

Tous les jours, matin, midi et soir, Isabel me regarde de ses yeux bleu pâle auxquels j'ai l'impression de me heurter et je finis par ne plus savoir ce que ces yeux-là disent.

Contiennent-ils un message ? Il m'arrive de me le demander.

— Attention, mon pauvre Donald...
Non. Ils n'ont pas assez de chaleur pour ça.
— Si tu crois que je ne comprends pas ce qui se passe...

Elle veut certainement me montrer qu'elle est lucide, que rien ne lui échappe, ne lui a jamais échappé.

— Tu traverses une crise par laquelle ont passé presque tous les hommes de ton âge...

Si elle le pense, elle se trompe. Je me connais. Je ne subis pas l'emballement de l'homme vieillissant. D'ailleurs, je ne suis pas amoureux. Je ne m'enfonce pas non plus dans une sexualité maladive.

Je reste de sang-froid, attentif à ce qui se passe en moi et autour de moi, seul, sans doute, à savoir que rien n'est nouveau dans mes pensées obscures, sinon que je les ai laissées monter enfin au grand jour et que j'ose les regarder en face.

Alors, qu'est-ce que ces yeux-là veulent dire ?

— Je te plains...

C'est plus plausible. Il y a toujours eu, chez elle, un besoin de me protéger, ou d'avoir l'air de me protéger, comme elle s'imagine qu'elle protège nos filles, qu'elle anime toutes les œuvres dont elle s'occupe.

Modeste, effacée, c'est en définitive la femme la plus orgueilleuse que j'aie rencontrée. Elle ne laisse voir aucune faille, aucune des petites faiblesses humaines.

— Je serai toujours là, Donald...

Il y a cela aussi dans ses yeux : la fidèle compagne qui se sacrifie jusqu'au bout !

Mais, tout au fond, il y a autre chose.

— Tu t'imagines que tu t'es libéré... Tu te crois un autre homme... En réalité, tu restes le petit garçon qui a besoin de moi et tu ne te délivreras jamais...

Je ne sais plus. Je penche tantôt pour une hypothèse, tantôt pour une autre. Je vis sous son regard, comme un microbe sous le microscope, et il m'arrive de la haïr.

Trois mois ont passé depuis le banc dans la grange. Le banc n'y est plus et a repris sa place dans le jardin, près du rocher, justement, d'où est tombé Ray. Les derniers lambeaux de neige ont été sucés par la terre réchauffée et les jonquilles mettent un peu partout leur tache jaune.

Le premier mois, je suis allé à New York jusqu'à deux fois par semaine, y couchant presque chaque fois, car la succession de Ray et les formalités qu'elle entraîne réclament beaucoup de temps et de démarches.

— Où dois-je t'appeler si quelque chose d'urgent m'obligeait à communiquer le soir avec toi ?
— Chez Mona.

Je ne me cache pas. J'y mets, au contraire, une certaine ostentation et, quand je reviens de New York, je suis heureux de sentir l'odeur de Mona sur ma peau.

Le mauvais temps ne m'a plus obligé à prendre le train. Je fais la route en voiture. Il existe un parking en face de chez elle. Ou plutôt, il y existait, car, depuis quinze jours, Mona n'habite plus Sutton Place.

Par des amis, elle a trouvé un appartement dans la Cinquante-Sixième Rue, entre Fifth Avenue et Madison, dans une de ces maisons étroites, de style hollandais, qui ont tant de charme.

Le rez-de-chaussée est occupé par un restaurant français où l'on prépare un coq au vin savoureux. L'appartement est au troisième étage, beaucoup plus petit, bien entendu, que l'ancien.

Plus chaud, plus intime aussi. Pour le living-room, elle a gardé les meubles du boudoir, y compris le divan recouvert de soie jaune or.

Le lit est neuf, un vaste lit à deux places, très bas, mais la coiffeuse et la bergère n'ont pas changé non plus.

On ne pourrait pas dîner à plus de six ou huit dans la salle à manger mais Janet dispose d'une cuisine assez vaste et d'une jolie chambre.

J'ignore quels amis lui ont trouvé cet appartement. Du temps de Ray, ils fréquentaient beaucoup de monde, recevaient ou sortaient presque tous les soirs.

C'est un domaine auquel je reste étranger. Comme d'un commun accord, nous n'en parlons pas. J'ignore qui elle rencontre quand je ne suis pas à New York et si elle a un ou plusieurs amants.

C'est possible. Elle aime faire l'amour, sans romantisme, je dirais presque sans passion, en camarade.

Chaque fois que j'arrive, je la trouve en peignoir et je l'entraîne tout naturellement vers le divan où je suis entré en elle pour la première fois.

Après, elle nous sert à boire, emporte les deux verres dans la chambre et commence sa toilette.

— Comment va Isabel ?

Elle m'en parle à chacune de mes visites.

— Elle ne dit toujours rien ?
— Elle me regarde...
— C'est une tactique.
— Que voulez-vous dire ?

— À force de vous regarder en silence, sans vous adresser de reproches, elle finira par vous donner mauvaise conscience.

— Non.

— Elle y compte.

— Peut-être, mais alors elle se trompe.

Mona est intriguée par Isabel et c'est elle qui est impressionnée par sa personnalité.

Pour ma part, c'est un des meilleurs moments de la journée, de la semaine. Elle vaque à sa toilette et je m'enfonce avec délices dans cette intimité comme dans un bain chaud.

Je connais chacun de ses gestes, chaque moue, la façon dont elle avance les lèvres pour se mettre du rouge.

Quand elle prend son bain, je suis les gouttes d'eau qui courent en zigzags sur sa peau colorée. Car elle n'a pas la peau d'un blanc rosé comme Isabel, mais plutôt dorée.

Elle est très petite, en réalité. Elle ne pèse rien.

— Lowenstein s'est décidé ?

Car nous parlons quand même de ses affaires. Nous nous en occupons même beaucoup. Lowenstein est le décorateur qui a fait une proposition pour racheter en bloc tous les meubles de Sutton Place, sauf les quelques-uns que Mona a conservés.

Il n'y avait plus que le prix à débattre. Maintenant, c'est fait et le bail a été cédé à un acteur venu récemment de Hollywood pour jouer à Broadway.

Les arrangements avec les frères Miller touchent à leur fin et il y a longtemps que le nom de Sanders a été gratté des vitres où il était peint à la suite de Miller et

Miller. Il ne reste que quelques points de détail à fixer.

Je n'ai jamais demandé à Mona ce qu'elle a fait des vêtements de Ray, de ses clubs de golf, d'un certain nombre d'objets personnels que je ne vois plus.

Souvent, nous descendons déjeuner dans le petit restaurant du rez-de-chaussée où nous choisissons toujours le même coin. Le patron vient nous serrer la main. On nous traite comme un couple et cela nous amuse.

L'après-midi, j'ai presque toujours à me rendre à gauche et à droite, soit pour les affaires de Mona, soit pour les miennes. Nous nous donnons rendez-vous dans un bar. Nous buvons des martinis car, pour l'apéritif du soir, nous avons adopté le martini très sec.

Nous buvons assez, peut-être trop, mais sans jamais être ivres.

— Où dînons-nous ?

Nous allons à l'aventure, à pied, et il arrive à Mona, perchée sur ses hauts talons, de s'accrocher à mon bras. Une fois, nous avons croisé Justin Greene, de Chanaan, un des invités du vieil Ashbridge, justement, qui était présent lors de la mémorable soirée. Il a hésité à nous saluer. Je me suis retourné au moment où il se retournait aussi et il a paru gêné.

Tout Brentwood, à présent, toute la région doit savoir que j'ai une liaison à New York. A-t-il reconnu Mona ? C'est possible, quoique improbable, car c'était la première fois qu'elle mettait les pieds chez les Ashbridge et elle ne s'est guère fait remarquer.

— C'est un de vos clients ?
— Un vague ami... Il habite Chanaan...

— Cela ne vous ennuie pas qu'il nous ait vus ?
— Non...

Au contraire ! J'en avais fini avec ces gens-là. Ils se rendraient bien compte un jour que, si je feignais encore de jouer le jeu, ie n'y croyais plus.

Un samedi, je suis allé à Torrington. C'est une petite ville calme, avec seulement deux rues commerçantes entourées de quartiers résidentiels.

À l'ouest, on trouve un peu d'industrie, mais de l'industrie presque artisanale, une fabrique de montres, par exemple, une autre, toute neuve, où l'on s'occupe de pièces minuscules pour les instruments électroniques.

La maison où je suis né est dans la rue principale, au coin d'une impasse, avec les mots *The Citizen* en lettres gothiques. La plupart des ouvriers de l'imprimerie travaillent avec mon père depuis plus de trente ans. Tout est vieillot, y compris les machines qui m'émerveillaient tant quand j'étais enfant.

Parce que c'était samedi, l'imprimerie était fermée. Mon père n'en était pas moins dans sa cage vitrée et on le voyait de la rue, en manches de chemise, selon son habitude.

Il avait toujours travaillé à cet endroit-là, comme pour proclamer que le journal n'avait rien à cacher.

La porte n'était pas fermée à clef. Je suis entré. Je me suis assis de l'autre côté du bureau et j'ai attendu que mon père lève la tête.

— C'est toi ?
— Je m'excuse de n'être pas venu ces derniers temps...
— Cela signifie que tu avais autre chose à faire. Il n'y a donc pas lieu de t'excuser...

C'est le style de mon père. Je ne crois pas qu'il m'ait jamais embrassé, même quand j'étais enfant. Il se contentait, le soir, de me tendre le front, comme Isabel. Je ne l'ai jamais vu embrasser ma mère non plus.

— La santé est bonne ?

J'ai répondu que oui au moment même où je constatais qu'en quelques semaines mon père avait beaucoup vieilli. Son cou était si maigre qu'on y voyait comme des cordes et on aurait dit que ses prunelles s'étaient délayées.

— Ta femme est passée il y a quelques jours...

Elle ne m'en avait pas parlé.

— Elle est venue faire des courses, acheter de la porcelaine, je crois, chez ce vieux voleur de Tibbits...

Un magasin qui existait déjà de mon temps, où l'on vendait de la porcelaine et de l'argenterie. J'avais connu le vieux Tibbits puis son fils, vieux aujourd'hui à son tour.

Au moment de notre mariage, nous avions acheté notre service de table chez Tibbits et, lorsque trop de pièces avaient été cassées, Isabel venait à Torrington pour les remplacer.

— Tu es toujours content ?

Nos relations, entre mon père et moi, étaient si pudiques que je ne savais jamais quel sens attacher à ses questions. Il me demandait souvent si j'étais content, comme il me demandait des nouvelles de la santé d'Isabel et des filles.

Mais, cette fois, la question n'allait-elle pas plus loin ? Ma femme ne lui avait-elle pas parlé ? Des rumeurs n'étaient-elles pas parvenues jusqu'à lui ?

Il continuait à parcourir des épreuves des yeux, à biffer un mot qu'il remplaçait, en marge, par un autre.

Avons-nous jamais eu quelque chose à nous dire ? Je restais là, à le regarder, à me tourner parfois vers la rue dont le va-et-vient avait changé depuis mon enfance. Jadis, on comptait les voitures et il était possible de parquer n'importe où.

— Quel âge as-tu, au fait ?
— Quarante-cinq ans...

Il hocha la tête, murmura comme pour lui-même :
— C'est jeune, évidemment...

Il allait en avoir quatre-vingts. Il s'était marié tard, après la mort de son père, qui dirigeait déjà le *Citizen*. Il avait fait ses premières armes à Hartford, et, quelques mois seulement, dans un quotidien de New York.

J'ai eu un frère, Stuart, qui aurait vraisemblablement repris l'affaire s'il n'avait été tué à la guerre. Il ressemblait plus à mon père que moi et j'ai l'impression qu'ils s'entendaient bien tous les deux.

Nous nous entendions bien aussi, mais sans intimité.

— C'est ta vie, après tout...

Il grommelait. Je n'étais pas obligé d'avoir entendu. Valait-il mieux laisser tomber la conversation, parler d'autre chose ?

— Tu fais allusion à Mona ?

Mon père redressa les lunettes sur son nez et me regarda.

— Je ne savais pas qu'elle s'appelait Mona...
— Isabel ne te l'a pas dit ?
— Isabel ne m'a rien dit... Ce n'est pas une femme qui parle de ses affaires, même à son beau-père...

Il y avait une évidente admiration dans sa voix. On aurait pu croire qu'ils étaient de la même race, Isabel et lui.

— Alors, de qui tiens-tu que j'ai une maîtresse ?

— On en parle... Un peu tout le monde... Il paraît qu'elle est la veuve de ton ami Ray...

— C'est exact.

— Celui qui a eu un accident, chez toi, la nuit du blizzard, n'est-ce pas ?

Je rougis, car je sentis une vague accusation derrière ces paroles.

— Ce n'est pas moi, fils, qui rapproche les faits... Ce sont les gens...

— Quelles gens ?

— Tes amis de Brentwood, de Chanaan, de Lakeville... Certains se demandent si tu vas divorcer et aller habiter New York...

— Certainement pas...

— Je ne te pose pas la question, mais on me l'a posée et j'ai répondu que cela ne me regardait pas...

Il ne m'adressait pas de reproches non plus. Il paraissait sans arrière-pensées, toujours comme Isabel. Il bourrait sa vieille pipe courbe au fourneau brûlé et l'allumait lentement.

— Tu es venu pour me dire quelque chose ?

— Non...

— Tu avais à faire à Torrington ?

— Non plus... J'avais envie de te voir, simplement...

— Tu voudrais monter ?

Il avait compris que ce n'était pas seulement lui que j'étais venu voir, que c'était la maison aussi, que j'étais ici, en somme, pour me confronter avec ma jeunesse.

C'est vrai que j'aurais aimé monter, retrouver l'appartement de jadis où je m'étais traîné par terre alors que je ne tenais pas encore debout et que ma mère me paraissait un être immense.

Je revois son éternel tablier à petits carreaux comme on en portait encore à l'époque.

Non. Je ne pouvais plus monter. Pas après ce que mon père venait de me dire.

Je ne pouvais pas non plus entrer en contact avec lui comme j'en avais eu obscurément l'envie.

Au fait, qu'étais-je venu faire ?

— Tu sais, il doit régner un certain désordre, là-haut, car le samedi et le dimanche la femme de ménage ne vient pas...

J'imaginais le vieil homme seul dans l'appartement où nous avions vécu à quatre. Il tirait lentement sur sa pipe qui faisait entendre un glouglou familier.

— Le temps passe, fiston... Pour tout le monde, vois-tu... Tu as dépassé la moitié du chemin... Moi, je commence à apercevoir le bout...

Il ne s'attendrissait pas sur lui-même, ce qui n'aurait pas été dans son caractère. Je sentais que c'était pour moi qu'il parlait, qu'il essayait de me transmettre sa pensée.

— Isabel était assise là où tu es en ce moment... Quand tu nous l'as présentée, ta mère et moi ne l'aimions guère...

Je ne pus m'empêcher de sourire. Elle venait de Litchfield et, dans la région, les gens de Litchfield passent pour des snobs qui se croient d'une race à part.

De larges boulevards, beaucoup de verdure, des maisons harmonieuses et, le matin surtout, des cavaliers et des cavalières qui se promènent.

Isabel avait son cheval.

— On se trompe sur les gens, tu vois, même quand on croit les connaître. C'est une femme bien.

Quand mon père disait de quelqu'un qu'il était bien, c'était son plus grand compliment.

— Encore une fois, c'est ton affaire...

— Je ne suis pas amoureux de Mona et nous n'avons aucune intention pour l'avenir.

Il toussa. Depuis quelques années, il était atteint de bronchite chronique et avait de temps en temps des quintes pénibles.

— Je te demande pardon...

Sa diminution physique l'humiliait. Il détestait en imposer le spectacle aux autres. Je crois que c'est pour ça qu'il aurait préféré que nous n'allions plus le voir.

— Qu'est-ce que tu disais ?... Ah ! oui...

Il rallumait sa pipe et, tout en tirant des bouffées, prononçait, avec un écart entre les syllabes :

— Alors, c'est encore pire...

J'ai eu tort de rendre cette visite à mon père. Je suis sûr de l'avoir déçu. De mon côté, j'ai été déçu aussi. Il n'y a eu aucun contact entre nous, tandis que, par le peu qu'il m'en a dit, je me rends compte que le contact a existé entre lui et Isabel.

Quand je suis monté dans ma voiture, j'ai vu, par la fenêtre, qu'il me regardait partir en pensant probablement, comme moi, que c'était peut-être notre dernière entrevue qui venait d'avoir lieu.

Tout le long du chemin, j'ai revu son visage usé, sa dignité mélancolique, et je me suis posé des questions. Est-ce qu'il a vraiment gardé sa foi jusqu'au bout et, au moment de s'en aller, se fait-il encore des illusions ?

Croit-il à l'utilité de ce petit journal qui, il y a cent ans, il y a soixante ans encore, s'élevait contre des abus, et qui ne sert plus qu'à flatter la vanité des gens en rendant compte des fiançailles, des mariages, des réceptions, des événements sans importance de la région ?

Il y a consacré sa vie avec autant de sérieux que s'il s'était battu pour une grande cause et il s'y raccroche jusqu'à son dernier jour.

C'est ce qui serait arrivé à mon frère s'il n'avait pas été tué au front. N'est-ce pas, avec de petites différences, ce qui m'est arrivé à moi aussi jusqu'à ce que, sur le banc de la grange, j'allume une première cigarette ?

À certain moment, j'ai ralenti. Il m'arrive, ces derniers temps, d'avoir tout à coup une sensation de vertige. Je ne suis pas malade. Ce n'est pas la fatigue non plus, car je ne travaille pas davantage que par le passé.

L'âge ? C'est vrai que j'ai maintenant la notion de mon âge, qui ne me venait pas à l'esprit, et que la vue de mon père vient de renforcer.

J'aurais voulu lui expliquer, pour Mona. J'ai essayé. Aurait-il compris que, pour moi, elle est surtout un symbole ?

Nous ne nous aimons pas d'amour. Je ne suis pas sûr de croire à l'amour, en tout cas à l'amour qui dure toute la vie.

Nous nous unissons parce que cela nous rassure de nous sentir peau contre peau, de vivre à un même rythme. C'est encore le plus près, dans l'union de deux êtres, qu'on puisse aller.

Nous avons besoin de quelqu'un. J'ai eu besoin d'Isabel, pas de la même manière. J'en ai eu besoin comme témoin, comme garde-fou, je ne sais pas au juste. C'est tellement dépassé que je ne comprends plus moi-même ce que j'ai cherché en elle et que je commence à la haïr.

Son regard m'exaspère. C'est devenu une obsession. Quand je suis rentré, alors que je ne lui avais parlé ni de Torrington, ni de mon père, elle m'a demandé :

— Comment va-t-il ?

C'était facile à deviner, soit. Il existe des points de repère. Mais je me sens toujours au bout d'un fil. Où que j'aille, quoi que je fasse, c'est un peu comme si elle gardait les yeux fixés sur moi.

Je ne me rends plus qu'une fois par semaine à New York, car la succession est réglée et, même vis-à-vis de Mona, j'avais besoin d'une excuse. Il ne faut pas que je redevienne comme avant. Je ne pourrais plus le supporter. Quand on a fait certaines découvertes déchirantes, il est impossible de retourner en arrière.

J'ai besoin de Mona, soit, de sa présence, d'une intimité animale. J'aime quand, nue ou demi-nue, elle vaque à sa toilette sans faire attention à moi. J'aime, au lit, sentir sa peau contre ma peau.

Mais, pour le reste, notre expérience n'a-t-elle pas raté ? J'ai parlé des restaurants où nous allions déjeuner et dîner, des petits bars où nous prenions, en fin d'après-midi, nos deux martinis.

Nous restions bons camarades, certes. Nous ne nous gênions pas l'un l'autre. Mais, pour dire la vérité, je ne me sentais pas en communication avec elle et il m'arrivait de chercher un sujet de conversation. À elle aussi.

Elle n'en est pas moins tout ce que je n'ai pas possédé pendant quarante-cinq ans, tout ce dont, par peur, je me suis gardé.

Les filles sont revenues. J'ai beaucoup observé Mildred. J'aime son teint de pain chaud et la façon dont, quand elle sourit, elle fronce les narines. Elle a commencé à se maquiller, pas à l'école, certainement, où cela doit leur être interdit, mais à la maison.

Se figure-t-elle que nous ne le remarquons pas ? Elle a passé le dimanche après-midi chez son amie, celle qui a un frère de vingt ans. C'est sans doute ce qu'elle appellera plus tard son premier amour. Elle ne soupçonne pas que le souvenir de ces regards furtifs, de ces rougeurs, de ces mains qui se frôlent comme par hasard la poursuivra toute sa vie.

Elle ne sera pas jolie dans le sens habituel du mot. Elle n'est pas belle non plus. Quel genre d'homme va-t-elle rencontrer et quelle existence mènera-t-elle avec lui ?

Je la vois en mère de famille, une de ces femmes que je classe parmi celles qui sentent la pâtisserie.

Pour Cécilia, je ne sais pas. Elle reste une énigme et je ne serais pas surpris qu'elle possède une personnalité très prononcée. Elle nous regarde vivre et je suis presque certain qu'elle ne nous approuve pas, qu'elle n'a pour nous qu'un certain mépris.

C'est curieux ! Pendant des années, on se préoccupe des enfants au point d'en faire découler toute son activité. La maison est aménagée pour eux, les dimanches, les vacances, puis, un beau jour, on se trouve face à face, étrangers l'un à l'autre, comme moi avec mon père.

Je me répète que j'ai eu tort d'aller le voir. Cette visite a renforcé un pessimisme auquel je n'ai que trop tendance à me laisser aller quand je ne suis pas à New York.

Et même, au fond, quand j'y suis, à part certains moments qu'on pourrait compter en minutes.

Il ne faudrait pas me pousser beaucoup pour que je parle de conspiration. Déjà entre Isabel et mon père ! Pourquoi est-elle allée à Torrington ? Était-il urgent de remplacer quelques assiettes alors que, la plupart du temps, nous ne sommes que deux à table ? Voilà six mois que nous n'avons invité personne.

Mon père prétend qu'elle ne lui a parlé ni de moi ni de Mona. Soit ! Je suis bien obligé de le croire. Mais lui, ne lui en a-t-il pas parlé ? Même s'il ne l'a pas fait, ils n'ont eu qu'à se regarder.

— Alors, où en est Donald ?

Elle a dû sourire, d'un sourire pâle comme un soleil d'après la pluie.

— Ne vous inquiétez pas pour lui...

Ne veillait-elle pas sur moi ? Ne veille-t-elle pas sur moi tous les jours, à toute heure ?

Voilà que les gens du pays s'en mêlent, chuchotent sur mon passage. Ils ont enfin un ragot à colporter... Donald Dodd vous savez, l'avocat qui a son cabinet presque en face de la poste... l'associé du vieil Higgins, oui... celui qui a une femme si gentille, si douce, si dévouée... eh bien, il a une liaison à New York !...

Higgins se met de la partie. Quand je lui annonce que j'irai le lendemain à New York, il me demande :

— Vous resterez deux jours ?

— Pas cette fois-ci, non...

Pourtant, Higgins devrait être satisfait, car les frères Miller nous ont versé des honoraires plus que substantiels pour le travail que j'ai accompli. Je l'aurais fait pour rien, pour aider Mona. Ce sont eux qui ont insisté.

Warren, notre médecin, est venu me voir à mon bureau pour me poser une question au sujet de ses impôts, car je m'occupe de ses affaires. Il m'a beaucoup observé pendant que nous bavardions et j'ai soupçonné que son histoire d'impôts n'était qu'un prétexte.

Isabel n'aurait-elle pas été capable de lui téléphoner ? De lui dire par exemple :

— Écoutez, Warren... Je suis inquiète... Depuis un certain temps, Donald n'est plus le même... Son humeur a changé... Il est bizarre.

J'ai soudain regardé Warren dans les yeux. C'est un vieil ami. Il était chez les Ashbridge le 15 janvier.

— Vous me trouvez bizarre, vous aussi ?

Il s'est troublé au point de devoir rattraper ses lunettes.

— Que voulez-vous dire ?

— Ce que je dis... Les gens ont tendance, depuis quelque temps, à se retourner sur moi et à chuchoter... Isabel me regarde comme si elle se demandait ce qui m'arrive et je la soupçonne fort de vous avoir envoyé ici...

— Je vous assure, Donald...

— Est-ce que je suis bizarre, oui ou non ?... Ai-je l'air d'un homme en possession de toutes ses facultés ?...

— Vous plaisantez, n'est-ce pas ?

— Pas le moins du monde... Figurez-vous qu'il m'arrive, à New York, de rencontrer une amie avec qui j'ai des relations sexuelles...

J'ai prononcé ces mots avec une emphase ironique.

— Cela vous étonne ?

— Pourquoi cela m'étonnerait-il ?

— Vous le saviez ?

— Je l'avais entendu dire...

— Vous voyez !... Et que vous a-t-on dit d'autre ?...

Il dut regretter d'être venu tant il se sentait embarrassé.

— Je ne sais plus... Que vous pourriez prendre certaines décisions...

— Par exemple ?

— D'aller vivre à New York...

— De divorcer ?

— Peut-être.

— Isabel vous en a parlé aussi ?

— Non...

— Vous l'avez vue récemment ?

— Cela dépend de ce que vous appelez récemment...

— Depuis un mois ?...

— Je crois...

— Elle est allée vous voir à votre cabinet ?

— Vous oubliez le secret professionnel, Donald...

Il s'efforçait de sourire en prononçant ces mots aussi légèrement que possible. Il se levait, mais je ne lui rendais pas encore sa liberté.

— Si elle est allée vous voir, ce n'est pas à cause de sa santé... Elle est allée vous parler de moi, vous dire qu'elle était inquiète, que je n'étais plus moi-même...

— Je n'aime pas la tournure que prend cet entretien...

— Moi non plus, mais je commence à en avoir assez d'être un objet de curiosité... Je ne suis pas allé vous chercher. C'est vous qui êtes venu, sous un mauvais prétexte, me regarder sous le nez, prendre ma température...

» Y a-t-il des tests que vous ayez envie de me faire passer ?... En avez-vous vu assez pour rassurer ma femme ?... Est-ce que je vous semble bizarre, à vous aussi, parce que je me mets à dire aux gens ce que j'ai sur le cœur ?...

» Vous êtes l'ami d'Isabel beaucoup plus que le mien... Tous nos amis sont dans le même cas... Isabel est une femme extraordinaire, au dévouement exemplaire, à la bonté sans bornes...

» Eh bien, mon cher Warren, on ne couche pas avec le dévouement et la bonté... Je l'ai fait trop longtemps pour ne pas en avoir assez... J'irai à New York ou ailleurs, quand cela me plaira, quoi qu'en pensent les citoyens honorables du pays...

» Quant à Isabel, si elle s'inquiète, rassurez-la... Je n'ai pas l'intention de divorcer et de refaire ma vie ailleurs... Je continuerai à travailler dans ce bureau et à rentrer sagement à la maison...

» Alors, est-ce que vous me trouvez encore bizarre ?

Il a hoché la tête d'un air attristé.

— Je ne sais pas ce qui vous prend, Donald... Vous avez bu ?...

— Pas encore... Je vais le faire dans un instant...

J'étais hors de moi. Je me demande pourquoi cette colère m'a pris tout à coup. Surtout avec ce pauvre Warren qui est bien le dernier à qui je pourrais en vouloir.

Le docteur-pilules, comme les enfants l'appellent. Il traîne avec lui, dans ses visites, une trousse qui ressemble à la mallette d'un voyageur de commerce. Sur tout un côté, elle est garnie de fioles et de tubes et, après avoir ausculté son malade, il parcourt sa collection des yeux, choisit une fiole, y prend, selon le cas, deux, quatre, six pilules, qu'il glisse dans une petite enveloppe.

Il a des pilules de toutes les couleurs, des rouges, des vertes, des jaunes, des arc-en-ciel que mes filles, plus jeunes, préféraient naturellement à toutes les autres.

— Voilà... Vous en prendrez une un quart d'heure avant le dîner et une autre avant de vous coucher... Demain matin...

Pauvre Warren ! Je l'avais désarçonné et ma colère retombait aussi vite qu'elle était venue.

— Je vous demande pardon, mon vieux... Si vous étiez à ma place, vous comprendriez... Quant à mon état mental, je crois qu'il n'est pas encore temps de vous en inquiéter... C'est votre avis ?...

— Je n'ai pas pensé un instant...

— C'est possible, mais d'autres y ont pensé à votre place... Rassurez Isabel... Ne lui dites pas que c'est de ma part...

— Vous ne m'en voulez vraiment pas ?

— Non...

Je ne lui en voulais pas, mais j'étais troublé, car je me demandais si je ne venais pas de découvrir pourquoi il y avait de l'inquiétude dans les yeux de ma femme.

Elle avait toujours été si sûre de moi, si sûre de ce qu'elle devait considérer comme mon équilibre, qu'elle ne pouvait croire à un changement délibéré de ma part.

J'en revenais toujours aux bouts de cigarette qu'elle avait fait disparaître. Était-il possible qu'elle ait pensé que j'avais poussé Ray ?

Mes voyages à New York, mon intimité avec Mona, affichée presque cyniquement dès la mort de mon ami, ne lui apparaissaient-ils pas comme une preuve ?

Dans ce cas, il fallait que j'aie le cerveau dérangé. C'était la seule façon, pour elle, d'expliquer mon attitude...

Je venais de parler de boire. Je traversai effectivement la rue pour aller prendre un scotch dans le bar d'en face, surtout fréquenté par des routiers, où je ne mets à peu près jamais les pieds.

— Un autre, s'il vous plaît...

Ici aussi, on me regardait, bien sûr, et si le lieutenant Olsen était entré, mon attitude lui aurait donné à penser.

Encore un qui avait des doutes. J'étais surpris qu'il ne soit pas revenu à la charge. Était-il convaincu que la mort de Ray était due à un simple accident ?

Il devait avoir entendu dire que j'étais l'amant de Mona et qu'on nous rencontrait à New York bras dessus bras dessous.

Je ne pris pas un troisième verre, malgré mon envie. J'ai retraversé la chaussée et suis rentré au bureau.

— Vous allez à New York, cette semaine ?
— Pourquoi me demandez-vous ça ?
— Parce que, si vous y allez, je vous demanderais d'y faire une démarche pour moi... Dans quel quartier descendez-vous ?
— Dans la Cinquante-Sixième Rue...
— Il s'agit d'un document à faire enregistrer au consulat de Belgique, Rockefeller Center...
— J'irai peut-être jeudi...
— Dites donc, vous l'avez secoué, ce pauvre Warren... J'ai eu beau faire, je ne pouvais pas éviter d'entendre...
— Vous me trouvez bizarre aussi ?
— Bizarre, non, mais vous avez changé. Au point que je me suis demandé si vous resteriez ici et si je n'allais pas devoir chercher un partenaire... Pour moi, ce serait la catastrophe... Vous me voyez, à mon âge, mettre un jeune au courant ?... Les Miller ne vous ont pas offert d'entrer chez eux ?...
— Non...
— Cela m'étonne de leur part...

Je ne disais pas la vérité. Ils ne m'avaient pas fait de proposition directe, c'est exact. Ils ne m'en avaient pas moins questionné sur mes projets, sur ma vie à Brentwood, et j'avais compris où ils voulaient en venir.

Eux aussi se sont trompés sur mes relations avec Mona. Ils ont cru au grand amour et se sont imaginé qu'avant quelques semaines je me fixerais à New York pour vivre avec elle et pour l'épouser.

Ainsi, je serais vraiment entré dans les chaussures de Ray !

— En tout cas, je suis content que vous restiez...

De son bureau, qui fait face à la rue, il m'a vu traverser jusqu'au bar d'en face, ce qui n'est pas dans mes habitudes.

Que pense ce vieux roublard qui a plutôt l'air d'un marchand de bestiaux malin que d'un avocat ?

Tant pis ! Qu'ils pensent ce qu'ils veulent, tous, autant qu'ils sont, Isabel y compris, bien entendu, Isabel la première.

Quand je suis rentré, elle m'a accueilli avec un sourire douceâtre, comme si j'étais un malheureux ou un malade.

C'est un jeu que je commence à mal supporter et il faudra que je m'y habitue. Je devrais décider une fois pour toutes de ne plus me préoccuper de ses regards.

Elle en joue, exprès. C'est son arme secrète. Elle sait que je cherche à comprendre, que cela me met mal à l'aise, m'enlève mon assurance.

Elle dispose de toute une gamme de regards dont elle se sert comme d'outils perfectionnés. À des mots, je pourrais répondre, mais on ne répond pas à des yeux.

Si je lui demandais :

— Pourquoi me regardes-tu comme ça ?

Elle me répondrait par une autre question :

— Comment est-ce que je te regarde ?

De toutes les façons. Cela change avec les jours, avec les heures. Parfois elle a les yeux vides et c'est peut-être le plus déroutant. Elle est là. Nous mangeons. Je dis quelques mots, pour éviter un silence pénible.

Et elle me regarde de ses yeux absents. Elle regarde mes lèvres remuer comme on regarde les lèvres d'un poisson s'ouvrir et se refermer dans son bocal.

D'autres fois, au contraire, ses prunelles se rétrécissent et elle me fixe comme si elle se posait une question angoissée.

Quelle question ? En avait-elle encore après dix-sept ans de mariage ?

Ses attitudes, ses poses, sa façon de tenir la tête penchée vers la gauche, l'ébauche de sourire qui flottait sur ses lèvres, tout cela ne changeait pas, restait immuable. C'était une statue.

Malheureusement, cette statue-là était ma femme et elle avait des yeux.

Le plus étrange, c'était, matin et soir, quand je me penchais pour frôler son front ou sa joue de mes lèvres. Elle ne bougeait pas, n'avait pas un frémissement.

— Bonjour, Isabel...
— Bonjour, Donald...

J'aurais pu aussi bien mettre une pièce de dix *cents* dans la fente d'un tronc, à l'église.

Je m'efforçais de ne plus me déshabiller devant elle. Cela me gênait, comme cela me gênait de la voir à moitié nue.

Elle continuait, elle. Elle le faisait exprès. Pas avec impudeur. Elle avait toujours été très pudique. Mais comme un droit acquis.

Il n'y avait que deux hommes au monde devant lesquels elle avait le droit de se déshabiller : son mari et son médecin.

Est-ce que Warren, après notre algarade, lui avait téléphoné ? L'avait-il rassurée ? Lui avait-il raconté ce qui s'était passé ?

Il y avait des moments où j'avais envie de faire un éclat, comme le matin au bureau. Je me contenais. Je ne voulais pas lui donner cette satisfaction. Car elle en aurait été satisfaite.

Non seulement elle était intelligente, bonne, dévouée, indulgente, que sais-je encore, mais je lui aurais fourni en outre la palme de martyre !

Je la haïssais vraiment. Et je me rendais compte que ce n'était pas tant sa faute à elle. Pas la mienne non plus. Elle représentait, en somme, tout ce dont j'avais souffert, l'étouffement de toute ma vie, cette humilité que je m'étais imposée.

— Ne mets pas tes doigts dans ton nez...
— Il faut respecter les vieilles personnes...
— Va te laver les mains, Donald...
— On ne pose pas les coudes sur la table...

Ces phrases-là, ce n'était pas Isabel qui les prononçait. C'était ma mère. Mais les regards d'Isabel, pendant dix-sept ans, m'avaient dit exactement la même chose.

Je sais que je n'avais à m'en prendre qu'à moi, puisque je l'avais choisie.

Et, le plus fort, c'est que je l'avais choisie exprès.

Pour me surveiller ? Pour me juger ? Pour m'empêcher de commettre de trop grosses bêtises ?

C'est possible. J'ai de la peine à me remettre dans l'esprit qui était le mien lorsque je l'ai rencontrée. J'hésitais, à cette époque-là, à rejoindre Ray à New York. On m'avait aussi parlé d'un poste, à Los Angeles, et j'avais été tenté.

Qu'est-ce que j'aurais pu devenir ? Qu'est-ce que je serais devenu, sans Isabel ?

Aurais-je épousé une Mona ?

Est-ce que, comme Ray, j'aurais gagné beaucoup d'argent en me méprisant au point de parler de suicide ?

Je n'en sais rien. Je préfère ne pas savoir, ne plus me poser de questions. J'aurais voulu établir un dossier bien net, bien ordonné, sans bavures.

J'en suis loin.

Et je continue, à mon âge, à épier les regards de ma femme !

2

Les vacances de Pâques ont été pénibles. Le temps était radieux, avec chaque jour un même soleil encore jeune et quelques nuages dorés dans le ciel. La rocaille, sous les fenêtres du living-room, fourmillait de fleurs et bruissait d'abeilles.

Malgré la fraîcheur, les filles se sont baignées dans la piscine et leur mère s'y est trempée deux ou trois fois. Nous sommes allés en excursion à Cape Cod, où nous avons marché longuement pieds nus dans le sable au bord d'une mer à peine moutonneuse.

Au fond de moi-même, je ne me sentais plus ni mari, ni père. Je n'étais plus rien. Une carcasse vide. Un automate. Même mon métier d'avocat ne m'intéressait plus et je voyais trop clairement la canaillerie de mes clients.

Je ne valais pas mieux qu'eux. Je n'avais rien tenté pour empêcher Ray de mourir dans la neige au pied du rocher. La question n'était pas de savoir si mon intervention aurait changé son sort. Le fait, tout cru, c'est que j'étais allé m'asseoir sur le banc rouge de la grange.

Et, petit à petit, en fumant des cigarettes à l'abri du blizzard, j'avais ressenti une satisfaction physique, une chaleur dans la poitrine, à l'idée qu'il était mort ou en train de mourir.

Cette nuit-là, j'avais découvert que, tout le temps que je l'avais connu, je n'avais pas cessé de l'envier et de le détester.

Je n'étais pas l'ami et je n'étais pas non plus le mari, le père, le citoyen dont j'avais joué le rôle. Ce n'était qu'une façade. Le cercueil blanchi des Écritures.

Que restait-il ?

Pendant tout ce temps des vacances, qui ne me laissait aucune échappatoire, Isabel en a profité pour m'observer avec plus d'attention que jamais.

On dirait que mon désarroi l'enchante. L'idée ne lui viendrait pas de m'aider. Au contraire, elle s'arrange diaboliquement pour m'enfoncer la tête sous l'eau.

Par exemple, j'ai essayé deux ou trois fois d'entamer une conversation avec Mildred. Elle commence à être en âge d'aborder des sujets sérieux. Chaque fois, le regard d'Isabel m'a figé.

Ce regard semblait dire :

— Pauvre Donald... Tu ne vois donc pas que tu n'arriveras à rien, que tes filles n'ont aucun contact avec toi ?...

Ce contact, elles l'avaient quand elles étaient petites. C'était plutôt vers moi qu'elles venaient que vers leur mère.

Quelle image, à présent, se font-elles de moi ? Je ne compte plus. Quand on me demande mon avis, on n'attend pas ma réponse.

Je suis le monsieur qui passe ses journées dans un bureau pour gagner l'argent nécessaire, un monsieur qui prend de l'âge, dont les traits commencent à se creuser, qui ne sait plus jouer ni rire.

Isabel se rend-elle compte qu'elle court un danger ? C'est possible. J'avoue que je ne sais plus. Je commence à en avoir assez d'interpréter ses regards, d'observer ses yeux fixés sur moi.

Avec les enfants, elle est enjouée, pleine d'initiatives. Chaque matin, c'est elle qui a trouvé un emploi agréable de la journée. Agréable pour elle et les deux filles, bien entendu.

Nous avons fait plusieurs excursions, dont deux dans la montagne. J'ai horreur des excursions, des pique-niques, des longues marches en file indienne pendant lesquelles on arrache machinalement des fleurs sauvages au bord du chemin.

Isabel est radieuse. Tout au moins quand elle s'adresse à nos filles. Dès que c'est moi qu'elle regarde, que c'est à moi qu'elle parle, elle redevient comme un mur.

A-t-elle l'intention de me pousser à bout ? Il me semble qu'elle veuille aller jusqu'à l'extrême limite et alors peut-être me tendra-t-elle la main en murmurant :

— Pauvre Donald...

Je ne suis pas le pauvre Donald. Je suis un homme, un homme à part entière, mais cela, elle ne le reconnaîtra jamais.

Les enfants ont dû constater cette tension. J'ai senti une certaine méfiance, une certaine réprobation chez mes filles, surtout quand je me sers à boire.

Comme par hasard, à présent, chaque fois que je propose un scotch à Isabel, elle répond pudiquement :

— Non, merci....

Je suis obligé de boire seul. Je n'ai pas exagéré une seule fois. Il n'y a jamais eu le moindre décalage dans mon attitude. Pas d'embarras de parole, pas d'excitation.

Mes filles ne m'en regardent pas moins, lorsque j'ai un verre à la main, comme si je commettais un péché.

C'est nouveau. Elles nous ont souvent vus prendre un verre ou deux, leur mère et moi. Isabel leur a-t-elle dit quelque chose ?

Il existe entre elles comme une complicité, la même complicité qu'entre Isabel et mon père. Elle a le don d'être sympathique, de provoquer l'admiration, la confiance. Elle est si bonne, si compréhensive !

Elle ferait mieux de prendre garde, car un jour ou l'autre je pourrais en avoir assez. Je me suis fixé une ligne de conduite. Je m'y tiens, mais je commence à serrer les dents.

Je ne suis pas allé reconduire les filles à Litchfield, laissant ce soin à ma femme. Exprès. Pour qu'elle puisse les cuisiner tout à loisir. Par défi, au fond.

— Il ne faut pas faire attention aux bizarreries de votre père, mes enfants... Il traverse une période difficile... L'accident de Ray l'a fort secoué et ses nerfs n'en sont pas encore remis...

— Pourquoi est-ce qu'il boit, maman ?

Elle pourrait leur répondre que je ne bois pas plus que n'importe lequel de nos amis. Elle ne le fait certainement pas.

— À cause de ses nerfs, justement... Pour se sentir d'aplomb...

— Parfois, il nous regarde comme s'il nous connaissait à peine...

— Je sais... Il s'enferme en lui-même... J'en ai parlé au docteur Warren qui est allé le voir...

— Dad est malade ?

— Ce n'est pas à proprement parler une maladie... C'est dans son esprit... Il se fait des idées...

— Ce qu'on appelle la neurasthénie ?

— Peut-être... Cela y ressemble... C'est fréquent, à son âge...

Est-ce ainsi qu'elles parlent de moi toutes les trois ? J'en jurerais. Je crois les entendre. Et la voix douce, indulgente d'Isabel offrant aux enfants la limpidité de son regard.

Comme c'est rassurant d'être regardé de la sorte ! On a l'impression de plonger dans une âme fraîche et généreuse sur laquelle les ans n'ont pas de prise.

J'enrage. Au bureau, ma secrétaire commence à m'observer avec inquiétude, elle aussi. Si cela continue, tout le monde se mettra à avoir pitié de moi.

Pitié, ou peur ?

Je sens Higgins désarçonné. Pour cette vieille canaille, la vie est simple. Chacun pour soi. Tous les coups sont permis, à condition de respecter la loi. Et il existe mille moyens réguliers de tourner la loi.

C'est son métier. Il le pratique avec une effronterie tranquille, sans aucun trouble de conscience.

Le lieutenant Olsen est passé à côté de moi, alors que je me rendais à la poste, et il m'a adressé un vague salut de la main tout en conduisant la voiture de police. Est-ce que Ray le préoccupe encore ? Ces gens-là, quand ils ont une idée dans la tête...

Bon ! Tant pis ! J'ai téléphoné à Mona, du bureau. Sans me gêner. Ma secrétaire et même Higgins pouvaient entendre ce que je disais car nous avons l'habitude, sauf quand l'un de nous est avec un client, de laisser les portes ouvertes.

J'ai d'abord eu peur, comme le téléphone sonnait longtemps, qu'elle ne soit pas rentrée de Long Island, où elle est allée passer quelques jours chez des amis qui y possèdent une propriété, des chevaux et un yacht. Je ne les connais pas. Elle ne m'a pas dit leur nom et je ne le lui ai pas demandé.

Ils avaient beaucoup d'amis, Ray et elle. Elle en avait déjà beaucoup avant de rencontrer Ray. Souvent, quand nous marchons dans les rues, des gens la saluent plus ou moins familièrement, certains en lui lançant :

— Hello ! Mona...

Puisque je suis avec elle, je salue aussi, gauchement, et je ne lui pose aucune question. Il lui arrive de me dire, comme si cela expliquait tout :

— C'est Harris...

Ou bien :

— C'est Helen...

Harris qui ? Helen qui ? Des personnes connues, probablement, du monde du théâtre, du cinéma ou de la télévision. Ray s'occupait beaucoup, chez les Miller, des budgets de télévision. C'était devenu sa spécialité et c'est probablement la raison pour laquelle il a demandé à sa femme de ne plus en faire. Il se serait trouvé dans une position délicate.

Mais maintenant ? Mona ne va-t-elle pas avoir envie de travailler à nouveau ? Elle ne m'en a pas parlé. Ce n'est pas dans ce domaine-là que nous sommes intimes. Il existe tout un pan de sa vie qui m'est inconnu.

— Allô, Mona ?... Donald, oui...
— Comment avez-vous passé les fêtes ?
— Mal... Et vous ?... À Long Island ?...
— Un peu étourdie... Je n'ai pas eu une minute à moi... Chaque jour, il venait d'autres amis, jusqu'à dix et vingt à la fois...
— Vous avez fait du cheval ?
— Je suis même tombée, heureusement sans me faire mal...
— Du yachting ?
— Deux fois... Je suis toute bronzée...
— Vous êtes libre demain ?
— Attendez... Quel jour est-ce ?...
— Mercredi.
— Onze heures ?
— Je serai chez vous à onze heures...

C'était notre heure, celle de sa toilette, celle que je savourais le plus, avec une sensation d'abandon, d'intimité complète.

Le lendemain, le ciel était clair, d'un bleu lavande, avec, au-dessus des montagnes, les nuages dorés qui semblaient y avoir été fixés une fois pour toutes comme sur un tableau. Il n'y a que certains soirs que ces nuages disparaissent ou s'étirent en de longues bandes presque rouges.

J'ai conduit allègrement.

— Tu rentres ce soir ?
— C'est probable...

Isabel se demande-t-elle pourquoi il m'arrive de plus en plus rarement de coucher à New York ? Se figure-t-elle qu'il y a quelque chose de changé entre Mona et moi ? Ou encore que je commence à me ressaisir, à éviter de me compromettre davantage ?

Je la hais.

J'ai cherché longtemps un parking avant de pénétrer dans la maison de la Cinquante-Sixième Rue. Je me suis précipité vers l'ascenseur. J'ai sonné. La porte s'est ouverte immédiatement et j'ai eu devant moi Mona qui portait un tailleur léger, vert émeraude, ainsi qu'un petit chapeau blanc incliné sur l'oreille gauche.

Je suis resté interdit. Elle a été surprise, comme si elle ne s'attendait pas à produire cet effet-là.

— Mon pauvre Donald...

Je n'aime pas être le pauvre Donald, même pour elle. Je ne pouvais pas la prendre dans mes bras comme quand elle me recevait en peignoir.

— Déçu ?

Nous nous sommes embrassés quand même. C'est vrai qu'elle a le visage bronzé, ce qui aide à la changer.

— J'ai eu envie, ce matin, de me promener avec toi dans Central Park... Cela t'ennuie ?...

Mon visage s'éclairait. L'idée était gentille. Le temps s'y prêtait. Nous n'avions pas encore fêté le printemps ensemble.

— Tu ne veux pas boire quelque chose avant de partir ?

— Non...

Elle s'est tournée vers la cuisine.

— Je ne rentrerai pas déjeuner, Janet...

— Bien, madame...

— Si on me demande au téléphone, je serai rentrée vers deux ou trois heures...

Ce n'était pas la première fois que nous déambulions sur les trottoirs, mais l'air était plus léger que d'habitude, la lumière très gaie, le ciel d'une pureté étonnante entre les gratte-ciel.

Devant l'*Hôtel Plaza*, nous avons vu les quelques fiacres qui attendent les touristes et les amoureux. Un instant, l'idée m'est venue de monter dans l'un d'eux. Mona n'y faisait pas attention. Elle avait la main posée sur mon bras, légèrement, sans insistance.

— Comment vont Mildred et Cécilia ?

— Très bien... Elles ont passé leurs vacances avec nous... Nous avons fait plusieurs excursions et nous sommes même allés à Cape Cod...

Nous nous dirigions lentement vers le bassin où, l'hiver, il nous était arrivé de patiner, Ray et moi, alors que nous étions étudiants et que nous nous offrions une nuit à New York.

J'ai senti sur mon bras une pression plus forte de la main gantée de blanc.

— Il faut que je vous parle, Donald...

C'est drôle. Ce n'est pas dans le dos, mais dans la tête, que j'ai senti passer un courant froid et j'ai dit d'une voix que je reconnaissais à peine :

— Oui ?

— Nous sommes de vieux copains, n'est-ce pas ?... Vous êtes le meilleur copain que j'aie jamais eu...

Des mères surveillaient des enfants à la démarche incertaine. Un homme dépenaillé, qui n'avait plus rien à espérer, dormait sur un banc, si misérable qu'on était forcé de détourner le regard.

Nous marchions lentement. Tête baissée, je regardais le gravier défiler sous mes semelles.

— Vous connaissez John Falk ?

J'avais lu son nom quelque part. Il m'était assez familier mais, sur le moment, je ne le situais pas. Je n'essayais pas. J'attendais le verdict. Car tout cela allait aboutir à un verdict, c'était fatal.

— C'est le producteur des trois meilleures séries de C.B.S...

Je n'avais rien à dire. J'entendais les bruits du parc, les oiseaux, les voix d'enfants, le trafic le long de la Cinquième Avenue. Je voyais des canards se lisser les plumes sur la pelouse et d'autres qui nageaient en traçant un sillon triangulaire.

— Nous nous connaissons depuis longtemps lui et moi... Il a quarante ans... Il est divorcé depuis trois ans et il a une petite fille...

Elle ajouta très vite, pour s'en débarrasser :

— Nous avons l'intention de nous marier, Donald...

Je n'ai rien dit. Je n'aurais rien pu dire.

— Vous êtes triste ?

Je faillis rire, à cause du mot. Triste ? J'étais atterré. J'étais... Cela ne s'explique pas. Il n'y avait plus rien, voilà...

Jusqu'ici, il m'était resté quelque chose, il m'était resté Mona, même si notre liaison n'en était pas vraiment une, même s'il n'était pas question d'amour entre nous.

Je revoyais le boudoir, le mouvement de ses lèvres vers le bâton de rouge, le peignoir qu'elle laissait retomber derrière elle.

— Je vous demande pardon...
— De quoi ?
— De vous faire mal... Je sens que je vous fais mal...

— Un peu, dis-je enfin, employant moi aussi un mot ridiculement faible.

— J'aurais dû vous en parler plus tôt... Il y a un mois que j'hésite... Je ne savais quelle décision prendre... J'ai même eu l'idée de vous faire rencontrer John et de vous demander conseil...

Nous ne nous regardions pas. Elle y avait pensé. C'est pour cela qu'elle m'avait emmené dans le parc. En marchant parmi les promeneurs, on est bien obligé de se contenir.

— Quand comptez-vous...

— Oh ! Pas tout de suite... Il y a les délais légaux à observer... Il faudra aussi que nous trouvions un autre appartement, car Monique vivra avec nous...

Ainsi, la petite fille s'appelait Monique.

— Son père en a obtenu la garde... Il est en adoration devant elle...

Mais oui ! Mais oui ! Et, en attendant, est-ce que ce John Falk, puisque c'était son nom, venait déjà coucher dans le grand lit de la Cinquante-Sixième Rue ?

C'était probable. En copains, comme dit Mona. Non, eux, ce n'était pas en copains, puisqu'ils allaient se marier.

— Je suis navrée, Donald... Nous resterons bons amis, n'est-ce pas ?...

Et après ?

— J'ai parlé de vous à John...

— Vous lui avez dit la vérité ?

— Pourquoi pas ? Il ne me prend pas pour une vierge...

Le mot m'a choqué, prononcé là, tout à coup, au milieu du parc ensoleillé. Je ne suis pas amoureux de

Mona, je le jure. Personne ne me croira et c'est pourtant la vérité.

Ce n'est pas seulement la femme qu'elle représente pour moi, c'est...

C'est tout, quoi ! Et ce n'est rien ! Il faut croire que ce n'est rien, puisqu'elle pouvait couper le fil aussi facilement.

Elle allait refaire de la télévision. Je la verrais sur mon écran, là-bas, à Brentwood, assis à côté d'Isabel dans la bibliothèque.

— J'ai pensé que nous déjeunerions ensemble quelque part, où vous voudriez...

— C'est lui qui doit téléphoner entre deux et trois heures ?

— Oui...

— Il sait que je suis ici ?

— Oui...

— Il sait que vous m'avez amené à Central Park ?

— Non... J'en ai eu l'idée en m'habillant...

Pas en s'habillant devant moi, avec son impudeur tranquille. En s'habillant seule. Plutôt en compagnie de Janet.

— Cela va être dur, Janet...

— Il comprendra, madame...

— Bien sûr qu'il comprendra, mais je vais quand même le faire souffrir...

— Si on devait renoncer à tout ce qui fait souffrir les autres...

Mona allumait une cigarette, me jetait un petit coup d'œil en coin et je lui souris. Enfin, cela tenait lieu de sourire.

— Vous viendrez me voir ?

— Je ne sais pas...

C'était non. Je n'avais rien de commun avec M. et Mme Falk. Ni avec la petite fille appelée Monique.

Des filles, j'en avais deux.

Il me semblait que le soleil tapait plus dur que les jours précédents. Nous sommes entrés au bar du *Plaza*.

— Deux doubles martinis…!

Je ne lui avais pas demandé ce qu'elle prenait. Peut-être, avec Falk, buvait-elle autre chose ? Pour la dernière fois, j'observais notre tradition.

— À votre santé, Donald…

— À la vôtre, Mona…

Ce fut le plus difficile. En prononçant son nom, je faillis, bêtement, éclater en sanglots. Ces deux syllabes-là…

À quoi bon essayer d'expliquer ? Je me voyais dans le miroir, entre les bouteilles.

— Où désirez-vous que nous déjeunions ?

Elle me laissait le choix. C'était mon jour. Mon dernier jour. Alors, il importait que les choses se passent au mieux.

— Nous pouvons aller dans notre petit restaurant français…

Je fis non de la tête. Je préférais la foule, un endroit sans souvenirs.

Nous avons déjeuné au *Plaza* et la grande salle était pleine. J'ai proposé du foie gras, presque par ironie, et elle a accepté. Puis du homard. Un déjeuner de gala !

— Vous désirez des crêpes Suzette ?

— Pourquoi pas ?

Elle croyait me faire plaisir en acceptant. Je savais qu'elle regardait de temps en temps l'horloge.

Je ne lui en voulais pas. Elle m'avait donné ce qu'elle pouvait me donner, gentiment, avec une chaude tendresse animale, et c'était moi qui étais en reste.

À certain moment, j'ai vu sa main à plat sur la nappe juste comme je l'avais vue sur le parquet, la nuit de janvier, et la même envie m'est venue d'avancer le bras, de saisir cette main-là...

— Courage, Donald...

Elle devinait.

— Si vous saviez comme cela me fait mal... soupirait-elle.

Puis nous avons marché jusque chez elle. J'avais envie de balbutier :

— Une dernière fois, oui ?...

Il me semblait que ce serait plus facile après.

Je regardai les fenêtres du troisième étage, entrai dans le hall.

— Au revoir, Donald...

— Adieu, Mona...

Elle s'est jetée dans mes bras et, sans souci de son maquillage, m'a donné un baiser très long, très profond.

— Je n'oublierai jamais... a-t-elle haleté.

Puis, très vite, fébrilement, elle a ouvert la porte de l'ascenseur.

3

Il y a un mois de ça et ma haine pour Isabel n'a fait qu'augmenter. Comme il fallait s'y attendre, elle a compris tout de suite en me voyant rentrer. Je n'étais même pas ivre. Je n'avais pas éprouvé le besoin de boire.

Tout en conduisant ma voiture le long du Taconic Parkway, je faisais en esprit une sorte de dessin de la vie qui m'attendait, depuis le réveil jusqu'au coucher, avec les gestes, les allées et venues d'une pièce à l'autre, la poste, le bureau, ma secrétaire qui ne tarderait pas à nous quitter, le déjeuner, le bureau, mes clients, le courrier, le verre de scotch d'avant dîner, le repas en tête à tête, la télévision, un journal ou un livre…

Je n'omettais aucun détail. Je les détaillais au contraire finement, comme à l'encre de Chine.

C'était une estampe, un album d'estampes, la journée d'un homme nommé Donald Dodd.

Isabel n'a rien dit, je le savais d'avance. Je prévoyais aussi qu'il n'y aurait en elle aucune pitié et je n'en aurais pas voulu. Elle parvint néanmoins à cacher son triomphe, à garder à ses yeux leur impassibilité.

Puis, les jours suivants, elle s'est remise à m'observer, comme on observe un malade en se demandant s'il mourra ou s'il guérira.

Je ne mourais pas. Ma mécanique fonctionnait sans à-coups. J'étais bien dressé. Mes gestes restaient les mêmes, les mots que je prononçais, mes attitudes à table, au bureau, le soir dans mon fauteuil.

Pourquoi continuait-elle à épier ? Qu'espérait-elle ?

Elle n'était pas satisfaite, je le sentais. Il lui fallait autre chose. Mon complet anéantissement ?

Je n'étais pas anéanti. La semaine suivante, Higgins a été surpris de ne pas me voir aller à New York. Ma secrétaire aussi.

La semaine d'après, il a été soulagé, comprenant que ce qu'il devait appeler ma liaison était fini.

Ainsi, j'allais rentrer dans le monde des honnêtes gens, des êtres normaux. J'avais fait une sorte de grippe morale dont je me remettais tout doucement.

Il se montrait gentil avec moi, encourageant, venant plusieurs fois par jour dans mon bureau pour me parler d'affaires dont, autrefois, il se serait contenté de me dire quelques mots en passant.

Ne fallait-il pas me redonner de l'intérêt à la vie ? J'ai rencontré Warren aussi, au bureau de poste, où beaucoup de gens viennent chercher leur courrier du matin. Se souvenant de la réception que je lui avais réservée la dernière fois, il hésitait à s'avancer vers moi et il a fini par se décider.

— Vous avez bonne mine, Donald...

Comment donc !

J'évitais de me rendre à New York, même quand c'était utile, m'efforçant de tout régler par téléphone et par correspondance. Un jour que ma présence y était indispensable, j'ai prié Higgins d'y aller à ma place et il s'est hâté d'accepter.

Cela signifiait que j'étais guéri, ou presque guéri.

S'ils avaient pu savoir, tous, tant qu'ils étaient, comme je la haïssais ! Mais il n'y avait qu'elle à le savoir.

Car j'avais compris. Longtemps, j'avais cherché la signification de son regard. J'avais fait des suppositions diverses sans penser à la vérité toute simple.

Je m'étais détaché d'elle. J'avais rompu le cercle. J'étais hors de sa portée.

Cela, elle ne me le pardonnerait jamais. J'étais son bien, comme la maison, comme les filles, comme Brentwood et notre train-train quotidien.

Je m'étais échappé et je la regardais de l'extérieur, je la regardais avec haine, parce qu'elle m'avait possédé trop longtemps, parce qu'elle m'avait étouffé, parce qu'elle m'avait empêché de vivre.

Bon ! Je l'avais choisie. Je l'ai admis et je le répète. Ce n'était pas une raison. Elle n'en était pas moins l'image vivante, là, tout près de moi, dans le lit voisin du mien, de tout ce que je m'étais mis à détester.

Je ne pouvais pas m'en prendre au monde entier et à ses institutions. Je ne pouvais pas cracher leurs vérités et les miennes à la face de millions d'êtres humains.

Elle était là.

Comme Mona avait été là, un moment, pour représenter de son mieux la vie.

Tout cela, Isabel le savait. Les qualités que les autres lui attribuaient existaient ou n'existaient pas, mais il en est une qu'elle avait au suprême degré : celle de fouiller dans l'âme d'autrui, en particulier dans la mienne.

Elle s'en donnait désormais à cœur joie, fouillant à longueur de journée, sentant qu'il n'y avait plus qu'une façade et que, celle-ci craquée, il ne resterait rien.

Me voir réduit à néant ! Quelle sensation merveilleuse ! Quelle vengeance inégalable.

— Isabel a eu tant de mérite...

De vivre avec un homme comme moi, évidemment. De supporter ce qu'elle avait supporté ces derniers mois.

— Il ne se donnait pas la peine de se cacher...

Le soir, j'avais de plus en plus de peine à m'endormir et, après une heure d'immobilité, il m'arrivait d'aller dans la salle de bains avaler un somnifère.

Elle le savait. Je suis persuadé qu'elle évitait de s'endormir avant moi, pour jouir de mon insomnie, pour entendre le bruissement mystérieux de mes pensées.

Ce n'était pas tant le visage de Mona qui me hantait, et cela je ne suis pas sûr qu'Isabel l'ait deviné. C'était le banc. Le banc peint en rouge. Le vacarme de la tempête et de la porte qui claquait à un rythme régulier, la neige qui, chaque fois, pénétrait un peu plus avant dans la grange.

Ray, avec Patricia, dans la salle de bains. J'aurais voulu être à sa place. J'avais envie de Patricia. Un jour, quand les Ashbridge reviendraient de Floride...

Ray était mort. Son appartement de Sutton Place, qui lui avait coûté si cher et dont il exhibait ironiquement le luxe agressif, avait été démantelé et était habité par une vedette de cinéma.

Sa femme, Mona, allait devenir Mme Falk. Un ami à lui. Un producteur avec qui il avait été en affaires.

Il avait pensé au suicide et la mort lui était venue sans qu'il ait besoin de faire un geste.

Veinard !

Mon père, lui, continuait à publier son *Citizen* et à écrire des articles lus par deux ou trois douzaines de vieillards.

Isabel lui avait-elle annoncé que c'était fini avec Mona ? S'était-il réjoui comme les autres en se disant que je rentrais enfin dans le droit chemin ?

Je ne pouvais plus supporter ses yeux. J'en arrivais à détourner la tête. Déjà, j'avais supprimé le frôlement de sa joue le matin et le soir. Elle n'en avait pas fait la remarque. Je me trompe peut-être, mais il me semble qu'il y a eu une petite lueur d'espoir dans ses prunelles.

Si je réagissais ainsi, n'est-ce pas que j'étais touché ? Indifférent, j'aurais continué la routine sans en souffrir, sans m'en apercevoir.

C'était presque une déclaration de guerre. Je devenais son ennemi, un ennemi qui vivait dans la maison, à côté d'elle, mangeait à la même table, dormait dans la même chambre.

Le mois de mai avait commencé glorieusement par des journées aussi chaudes que des journées d'été. Je portais déjà mon complet de coton, mon chapeau de paille. Au bureau, l'air conditionné fonctionnait. Le matin, avant de m'y rendre, je plongeais dans la piscine et je faisais de même en rentrant le soir.

185

Isabel avait adopté d'autres heures, car, pas une seule fois, elle ne s'est trouvée dans l'eau en même temps que moi.

— Tu as beaucoup de travail ?

— Suffisamment pour m'occuper et pour payer nos factures...

La maison, qui était à nous, valait dans les soixante mille dollars. J'avais pris, bien des années avant, une assurance de cent mille dollars qui me paraissait énorme à l'époque, car je n'étais qu'un débutant.

Chaque année, j'achetais quelques actions.

Si j'étais parti, seul, sans rien dire, pour me fondre dans le grouillement anonyme, ni ma femme ni mes filles ne se seraient trouvées dans l'embarras.

Aller où ? Il m'arrivait, le soir, dans mon lit, de penser à l'homme de Central Park, celui qui, à midi, dormait sur un banc, la bouche ouverte, à la vue des passants.

Il n'avait besoin de personne. Il n'avait pas besoin non plus de faire semblant. Il ne se préoccupait pas de l'opinion des hommes, des bons usages, de ce qu'il faut ou ne faut pas faire.

Et, quand la police le ramassait, il pouvait reprendre son sommeil au violon...

Je n'étais pas obligé de plonger si profond. J'aurais pu...

Mais pourquoi ? Je m'étais déjà échappé, sur place, en quelque sorte. J'avais coupé les fils. La marionnette gesticulait encore mais personne ne la maniait plus.

Sauf Isabel... Elle était là, couchée sur le dos dans son lit, silencieuse, à écouter ma respiration, à deviner mes fantômes. Elle attendait le moment où, n'y tenant plus, je me lèverais pour aller prendre mes deux comprimés de somnifère. À present, il m'en fallait deux. Bientôt, il m'en faudrait trois. Était-ce plus grave que de boire ?

J'avais été tenté de boire. Il m'arrivait de regarder le placard aux liqueurs avec l'envie d'attraper la première bouteille et de boire au goulot, comme le faisait sans doute le type de Central Park.

Qu'est-ce qu'elle attendait au juste ? Que je me mette à hurler de rage ? Ou de douleur ? Ou...

Je ne hurlais pas et alors elle me provoquait. Quand je me levais pour aller prendre mes pilules, il lui arrivait de me demander d'une voix douce, comme à un enfant ou à un malade :

— Tu ne dors pas, Donald ?

Elle le voyait que je ne dormais pas, non ? Je n'étais pas somnambule. Alors, pourquoi me poser la question ?

— Tu devrais peut-être voir Warren...

Mais oui ! Mais oui ! Elle tentait de me persuader que j'étais atteint. Elle devait en persuader les autres aussi.

— Il traverse une période pénible, je ne sais pas pourquoi... Le docteur Warren n'y comprend rien... Il est persuadé que c'est le moral...

Le monsieur qui a le moral atteint...

Je voyais fort bien l'image, dans l'esprit des gens, les mines compatissantes. J'avais déjà été le monsieur qui a une maîtresse et qui pourrait divorcer un jour prochain.

Maintenant, j'étais le mari qui devient bizarre.

— Hier encore, je l'ai croisé dans la rue et il ne m'a pas reconnu...

Comme si je me préoccupais d'identifier les silhouettes que je rencontrais !

Elle était vicieuse. Ce n'est pas moi qui suis en train d'établir un dossier. C'est elle. Patiemment, à petites touches, comme on tisse une tapisserie. Il lui arrive d'en tisser, justement. Deux des chaises du living-room sont recouvertes de tapisseries de sa main.

Elle tisse... Elle tisse...

Et elle me regarde férocement en attendant que je craque.

Est-ce qu'elle n'a pas peur ?

4

Je suis calme, d'une lucidité que je crois que peu d'hommes ont atteinte. Ceci n'est pas un plaidoyer. Je ne cherche pas à me disculper. Je ne l'écris pour personne en particulier.

Il est trois heures du matin. Nous sommes le 27 mai et la journée a été étouffante. Il ne s'est rien produit de particulier. J'ai eu beaucoup de travail au bureau et je l'ai fait consciencieusement. Au fait, je sais maintenant que ma secrétaire est enceinte mais, après quelques mois de congé, elle compte reprendre son emploi.

Cela n'a plus d'importance pour moi, mais cela en aura pour Higgins.

Hier soir, dès que je me suis couché, mon lit est devenu moite, car nous n'avons pas l'air conditionné ; la disposition compliquée des pièces de la maison rend cette installation presque impossible.

À minuit et demi je ne dormais pas et je suis allé prendre mes deux comprimés.

Elle ne m'a pas parlé mais elle m'a suivi de ses yeux grands ouverts. Elle m'a littéralement cueilli au moment où je sortais du lit, m'a regardé me diriger vers la salle de bains et, en en sortant, j'ai retrouvé son regard qui attendait pour me reconduire.

Le sommeil n'est pas venu. Le somnifère a perdu son effet. Je n'ose pas augmenter la dose sans l'avis de Warren et je ne tiens pas à voir Warren en ce moment.

Elle est couchée sur le dos. Moi aussi. J'ai les yeux ouverts, car c'est encore plus pénible quand je les ferme, et j'entends le bruit de mon cœur.

Je pourrais, en tendant l'oreille, entendre le sien.

Deux heures ont passé. C'est inouï le nombre d'images qui peuvent défiler dans un cerveau pendant deux heures. J'ai surtout revu la main, sur le plancher du living-room.

Je me demande pourquoi cette main a pris une telle importance. J'ai tenu le corps entier dans mes bras. Je le connais dans ses plus petits détails, sous tous les éclairages.

Non ! C'est la main qui me revient à la mémoire, par terre, près de mon matelas.

J'ai allumé la lampe de chevet, je me suis levé et je me suis dirigé vers la salle de bains.

— Tu ne te sens pas bien, Donald ?

Parce que je n'ai pas l'habitude de me relever deux fois.

J'ai avalé un nouveau comprimé, puis un autre, pour en finir avec cette insomnie. Quand je suis rentré dans la chambre, elle était assise sur son lit et me regardait.

Est-ce qu'elle ne touchait pas au but ? Ne venait-elle pas d'entendre le premier craquement ?

Je n'ai pas réfléchi. Le geste a été spontané et je l'ai fait calmement. Ouvrant le tiroir de la table de nuit, entre nos deux lits, j'ai saisi le revolver.

Elle me regardait toujours, sans froncer les sourcils. Elle me défiait encore.

Est-ce que ma première idée n'a pas été de tourner l'arme contre moi, comme Ray en avait été tenté ?

C'est probable. Je n'oserais pas le jurer.

Elle regardait le canon court, puis mon visage. Ce dont je suis sûr, c'est qu'un sourire a passé sur son visage, qu'il y a eu, dans ses yeux bleus, une lueur de triomphe.

J'ai tiré en visant la poitrine et je n'ai ressenti aucune émotion. Les yeux me fixaient toujours, immobiles, et alors j'ai tiré deux autres coups.

Dans ces yeux-là.

Je vais téléphoner au lieutenant Olsen pour lui dire ce qui est arrivé. On parlera de crime passionnel et il sera certainement question de Mona, qui n'y est pour rien.

On me fera examiner par un psychiatre.

Qu'est-ce que cela peut me faire d'être enfermé, puisque je l'ai été toute ma vie ?

Je viens de téléphoner à Olsen. Il n'a pas paru trop surpris. Il a dit :

— Je viens tout de suite…

Et il a ajouté :

— Surtout, ne faites pas de bêtise…

Épalinges (Vaud), le 29 avril 1968.

Le Livre de Poche s'engage pour l'environnement en réduisant l'empreinte carbone de ses livres. Celle de cet exemplaire est de : 250 g éq. CO₂
Rendez-vous sur www.livredepoche-durable.fr

Composition réalisée par FACOMPO (Lisieux)

Achevé d'imprimer en juin 2012 en France par
CPI BRODARD ET TAUPIN
La Flèche (Sarthe)
N° d'impression : 69155
Dépôt légal 1re publication : juillet 2012
LIBRAIRIE GÉNÉRALE FRANÇAISE
31, rue de Fleurus – 75278 Paris Cedex 06

31/6710/3